紅茶と薔薇の日々

森茉莉
早川茉莉 編

筑摩書房

もくじ

第一章　食いしん坊

第二章　料理自慢

第三章　思い出の味

第四章　日常茶飯

第五章　紅茶と薔薇の日々

紅茶と薔薇の日々

第一章 食いしん坊

親しい人に宛てた封書の裏面に添えられたイラスト

明治風西洋料理とキャベツ巻き

明治何年かわからないが、英国人のコックがわが国の宮廷の台所に入りこんで西洋料理の技術を伝授し、それが町の中にも流れたものだろう。私の幼い脣《くち》に入った西洋料理は今になって思うとたしかに正式の英国料理だったようだ。私の幼いころ伴《つ》れて行かれた西洋料理屋は上野精養軒だった。父親は昼間は陸軍省だから、行くのはいつも夕方で、上野の杜《もり》は暮れかかって、暗々とした樹々の中に白い精養軒が見えかくれしていた。明治四十二年頃だから、山の下には不忍の池が鐘《かね》の鏡のように鈍く光り、山本森之助の老樹青苔のモデルになった樹も上野の杜の中に鬱蒼と繁っていたわけである。行くとたべるのは定《きま》ってコンソメにステェキかロオスト・ビイフかコオルド・ビイフ、野菜料理、プディング、珈琲である。その頃の独逸陸軍の衛生学に凝り固まっていた父親は、「いくつもの鍋やひしゃくにさわるから、西洋料理のどろどろは腹によくない」と言っていて、それでこの献立てになるのである。今、私は寂しかったり、何かで苦しかったりすると、コンソメと、コオルド・ビイフ、馬鈴薯の入った野菜サラドゥをとる。冬なぞ温い野菜料理がないと、ステェキの附合わせを持って来て貰う。寂しくなく幸福な時でも大体この献立てである。私は独逸衛生は知らないから、次に好きなシチュウもとる。白身の魚が白ソオスのどろ〳〵に入っている料理、コキイル、ロオスト・ビイフをブラウン・ソオスで煮込んだものも好きだ。これもたしか、精養軒だったと思うが、上手に焼いたロオスト・ビイフの、真中辺は薔薇色をしたのを短冊に切って交ぜたポテト・サラダ（新鮮なうども入っていた）は私の最も好きな料理だった。大正時代に入るとレストランはやたらとふえて、ポオクチャップ、紅いケチャップをどく〳〵入れ、コオンの粒々《つぶつぶ》を附合わせた肉料理、コップに突刺した生のセロリなどのアメリカ料理、パリでたべたのとは違うフランス料理、伊太利料理なんかが入って来た。そうして今では世界各国の料理もあるが、私は幼時に出合った英国風西洋料理が好きである。明治時代でも、少数の家にはスウプ鍋、フライパンなぞがあって、家でも造《こし》らえた。私の家では父親が母親に、レクラム版の料理の雑誌を訳して造らせたので、キャベツ巻き、コロッケ、キャベツと牛肉の煮込み、魚入りポテト・サラダなぞだった。当時の婦人雑誌には、〔赤茄子（トマト）は八つに櫛形に切りまして、サラダの上に飾ります〕とか、〔牛肉の切り身は筋を切り、サイダアの壜なぞで軽く叩き、メリケン粉を薄くはたいて、フライパンで焼きます〕なぞと書いてあった。私はくいしんぼうで、自分の皿の上のキャベツ巻きをアッという間に平らげ、父の分を一つ貰った。私達の食事が済むと犬が庭先に来て、縁側に顎をのせる。父親が四人分の西洋料理の残りを新聞紙にあけ、四隅を持って縁を下りて、与えた。私は今でも田原屋なぞの明治風の西洋料理と、キャベツ巻きがなにより好きである。

胡瓜もみその他に関する私の意見

　私は目下、乗りかかった舟の大長篇（私としてはの大長篇で七百五、六十枚位だが）で大変で大苦悶の最中で、この随筆はもっと後《あと》で書くのかと思っていたので、困惑の極地になって書くのである。それに料理の講座みたいな感じの題になっていたので、いくらかは四角ばらなくてはいけないような気がするのである。料理のことというものは愉快な気分で書かなくてはだめである。ところがよくしたもので、美味《おい》しい料理を想い浮かべると、私は忽ち愉快になってくる。

　夏の料理の部＝（これは料理ではないがまず酒について）私は舅にたまに、盃を貰ったことによって酒の美味しさを覚えたので、酒を飲む時には広島の賀茂鶴である（最近飲んでみたが昔の美味しさも、軽さもなかったが）。賀茂鶴を冷やして徳利に注《つ》ぎ、青い柚子を山葵《わさび》おろしで皮のところだけを擦《す》り下ろし、その擦り口を徳利の口にころがすようにしてから、盃に注ぐのである。今考えると、一流にいきでない感じだが、その頃は素敵だった。

＝胡瓜もみ。胡瓜もみだけは戦前の、六月の初めに出てくる胡瓜を皮を斑に剥いて薄く切り、塩でさっともんだのを、生《き》醤油か二杯酢で、温かい御飯で食べるのでなくては駄目である。他に一つもお菜《かず》がない時なら、鰹節をかけたり、しらすやちりめんじゃこと酢にしてもいいが。昔の初夏《はつなつ》の胡瓜もみと御飯位なつかしいものはない。五月の中頃の、花のついた小さい胡瓜は、料理屋で刺身や酢のものにつけるが、戦前の八百膳や伊予文では胡瓜はつけなかったような気がする。鯛の刺身がこのごろは、作ったのを又、鯛の骸骨の中に嵌めこみ、鯛の惨殺体がお膳に出るらしいが、それを空想しただけで、私は今の高級料亭へ行く気がしない。(活魚《いけうお》あり)の高級料亭はまっぴらである。

＝鮎の塩焼。前回に登場したお芳さんは、広島からくる大鮎を、ほんの一寸《ちよつと》焦げめをつけて焼き、庭の蓼《たで》を擦って、醤油を落した酢醤油に溶かして、それを添えて出した。お芳さんが、「たでずをするからとってきて頂戴」と女中にいいつける、そのいい方がなんともいえずいきである。細い二本縞の浴衣に、白絽に墨絵で葦の模様の夏帯で、涼しそうな鬢の横を見せて銚子を軽く持ち、「○○の旦那さま、お一《ひと》つ」と言って注いで廻るのが、素晴しかった。厳密にいえば、料理は供する女の人も選ばなくては駄目である。

＝鱚《きす》、鯵《あじ》、なぞのひと塩。鱚、鯵なぞのひと塩を焼いて、清酒と酢をまぜたのを添える。（昔は日本橋の乾物屋や、広小路の加嶋屋の干物が美味しかったが、今はどうか知らない。加嶋屋は無くなった。加嶋屋、御徒町寄りの江戸っ子の鱚塩《きっしょう》、岡埜のお汁粉、お雑煮、風月堂の西洋料理、サンドイッチ、更科のざる、天麩羅そば、米久《よねきゅう》の牛鍋。昔の広小路は私の食いしん棒を満足させる町だった）

＝鮑の塩蒸し。塩は殆どふらない位にして一時間蒸して、包丁を斜めに使って、浅く段をつけて切る（厚め）。山葵醤油。

＝白魚の刺身。大きな白魚をさっと熱湯にくぐらせ、紅蓼、山葵、醤油を添える。

（江戸っ子で覚えた）

＝同じく白魚のフライ。

＝鶏の刺身。これも熱湯にくぐらせて冷やし、紅蓼、山葵、醤油。（鶏の嫌いな人の他は、美味しいとおどろく）

＝かわはぎ、めばる、鰈なぞを清酒と醤油でさっと煮て、下ろし生姜を上にのせる。

＝鯛か平目の刺身に、生《なま》海苔か焼海苔のもどしたのと醤油を添える。

＝鰹のたたき。鰹を皮ごと、藁《わら》の火で焼き、細かく刻んだねぎと生姜を沢山のせる。酢醬油。

＝白身の魚入りのロシアサラダと麦酒。

＝あい鴨を蒸して厚く作る。山葵醬油。

朝の小鳥

朝の小鳥の時間は楽しい。一寸《ちよつと》高級なたのしさの場合は愉しいなんて書く人がいるが、岸田國士訳、「別れも愉し」、なんていう高級な感じは、好きじゃないのだ。第一、楽しいという字で書く方が何倍も楽しい。幼女時代、少女時代のいろいろな楽しさ、父の膝《ひざ》に乗って「お茉莉は上等」を聴いたり、降誕祭《クリスマス》の夜、山のような絵本や人形、玩具《おもちや》、（大きくなってからは反物もあった）を、枕元に置いて眠るよろこび、鉄（？）のライオンに一寸触ってから中へ入り、正面の、巴里の教会にあるのより巨大なパイプオルガンの音《ね》につれて、宝の山のような売店の間を歩く楽しさ。大正中期からは靴の上から男の人は紺、女の人は臙脂《えんじ》に、白い筋《すじ》の入ったカヴァーを履くようになったが、それまでは印半纏《しるしばんてん》の下足番の男がいて履物を脱ぎ、足袋はだしで綺麗な畳の上を歩いたが、夢のような楽しさだった。私は母の掌《て》で友禅縮緬《ちりめん》や、紋羽二重の他所《よそ》行きに着かえさせられると、明舟町（母の実家）かな？　三越かな？　資生堂かな？　と思いながら、気持がふわふわしてくるのだった。母は先ず日本銀行で用事を済ませて、そこからは歩いて三越へ行ったが、日本銀行は法廷のように厳然として建っていて、中に入ると高い天井の電燈が、厳《いかめ》しいような光を放っていた。革製の長椅子も、役所の椅子のようである。なんの都合からか、大正になって少しすると母は日本興業銀行に預けるようになった。こっちの方もゲンゼンとしていたが、日本銀行のように法廷のようではなかった。母は私が、大型ウエファースに挟まった、チョコレート、アイスクリーム、松茸弁当、特大豚カツなぞを、犬のような食慾でたいらげるために、食堂へ伴《つ》れて行かなくてはならない三越へ行くのは時間がかかるので、（私は犬のように早くたべないのだ）日本銀行だけの時には私を陸軍省の父の部屋にあずけて、急いで用を済ませた。そうしてから私をうけとって明舟町へ行った。パッパのいる部屋にあずけられるのはうれしいのだが、コンドーさんという給仕の少年が部屋の隅に、キチンとした後姿を見せて机に向かっているのがなんとなく、気兼ねのような、何か聴いていられると羞《はずか》しいような感じがあった。コンドーさんも、子供とはいえ、総監のお嬢さんがいるというので遠慮というか、固くなっていたようで、向うを向いた儘《まま》で一度も、此方《こっち》を向いたことがなかった。コンドーさんは、（後《うしろ》を向いた人）で、あった。

与謝野秀氏の手紙

大分前のことだが、与謝野秀氏から手紙が来た。秀氏は昔、父上の与謝野寛に伴《つ》れられて、千駄木町の私の家に来られた時、寛が観潮楼（私の父の家の二階）で父と話している間、階下の六畳で一人待っていられた。祖母の峰が一人待っている氏の所にお菓子を持って行って上げたらしい。子供というものは特に、自分一人でいる時に、一人並みに菓子の饗応を受けるというのが、うれしいものである。私も十二歳の頃、池田蕉園の美人画にあこがれて、習いに行きたいと、母に頼んだが、父が水彩画の方がいいと言って中川八郎の処《ところ》に一時通ったが、画《え》の稽古が終って一人、客間に戻って来るといつもきまって、中川八郎の母上が二つ折りにした半紙にお菓子を奇麗に盛って、お茶を添えて、出して下さるのが定《き》まりであったが、私としては、美人画は習いたかったが水彩画はまだ、そのよさがわからぬので、稽古が済んで開放された感じで客間に戻ると、そのお菓子が出るのが楽しみであった。本心を言うと、水彩画より、そのお菓子が楽しみだった。猫を被《かぶ》っていて、お菓子に手を出さないので帰る時にはそれを包んで、持たせて下さった。秀氏も同じ心境であったと思う。

両国の思い出

幼い頃両国の国技館に父母と行ったが、角力《すもう》は見ないでもっぱら、きまって出てくる枝豆の塩茹《ゆ》でが楽しみだった。家で母から与えられるのは特に柔かく茹でた枝豆で、鞘《さや》の色も青々していないが、国技館のは青々していて固めで、それが楽しみであった。二階は、一寸《ちょっと》粗末な板敷きで、莫蓙《ござ》が敷いてあった。当時私にとって、両国のお角力に行くということは、青々として固めの枝豆が楽しみなのだった。その頃は常陸山と梅ケ谷が、柏鵬のような人気角力だった。話で聴くとその頃の横綱は、贔屓《ひいき》の大名から刀を拝領し、それを差して歩いたらしい。雷電という力士が渡しに乗っていて、急いで降りようとした時そこに居た、気の狭い二人連れの侍の、鬢《びん》を刀で払ったのだったか、肩に刀が触ったのだったかで喧嘩《けんか》になった、という話を読んだことがある。雷電は大名の名が出ることを考えて、一応我慢して頭を下げたのだが、二人侍が尚《なお》も言い募るので、とうとう喧嘩を買ってしまった、という話だった。

神田精養軒の主人の話

六月八日、日曜日、「米の消費拡大と食生活」は、その方の智識人が集まって現代の食生活について話していたがその中で一人極立《きわだ》っていたのは、神田精養軒の主人の話と、その話しぶりであった。鑑真の弟子の中で一人、面白い顔をしていて、面白いことを言う弟子僧というような風格で、彼の話は私にもよくわかり、立派だった。他の人々もそれぞれ、識見のある人物たちだったが中に二、三、精養軒の主人の話を下《した》目《め》に見ている感じの人があっておかしかった。ことに一人の女の人に、その感じが顕著だった。癪《しゃく》に障ったらしく精養軒の主人は次の発言の時は彼等式に話していた。私はその内神田精養軒に行って食事をしよう。そうして若《も》し主人が居たら、この雑誌を進呈したいと思っている。上野の精養軒は幼い時度々父と行ったし、築地精養軒は結婚披露宴をそこで遣《や》ったが、神田の精養軒には行ったことがない。池波正太郎の文章にそこの名が出ていたように覚えている。最近、研ナオコと対談した料理店のハンバーグ・ステーキは出色だったので、又行きたいと思って「週刊新潮」に店名と店の地図とを問い合わせて貰ったところ、「週刊新潮」の人だったか、その店の人だったか、店の場所を書いて白い封筒に入れたのを届けてくれたが、その封筒を失《な》くしてしまった。もう一遍当誌の編集部にお頼みする他ない。モリマリさんにかかりあったが最後、厄介千万なことになるのである。私が料理店だったら頼まれても知らん顔をするだろう。この忙しい世の中に二度も同じ手紙を書くなぞというのは誰だってごめんである。或日、室生犀星はモリマリさんから全文同じの、二通の手紙を受け取った。（今日、あなたから全く同文のお手紙が二通来ました。多分お忘れになって二度書かれたのだと思いますが）という葉書が、犀星から来た。それは手紙を持って出て、ポストに入れない内に落としたので又同じ手紙を出したのである。（下書きがあったのである）多分、親切な人が拾って、投函してくれたのだろう。そのハンバーグは大きくて平たく、薄色のブラウンソースで煮込んであるのだ。研ナオコが私の話しのしかたが桃井かおりに似ているというので歓《よろこ》び、二人で私の部屋にいらっしゃいと言っておいたが忙しいらしくてまだ現れない。桃井かおりが来たら、「前略おふくろ様」の時に彼女が言った科白《せりふ》の「おにいさん、えらい」というのを桃井かおりの通りに言って見せてやろうと思っている。皆川おさむの「黒ネコのタンゴ」は、荒木一郎の「オークランドにいた」と共に素晴しい歌である。私は六歳の時歌った皆川おさむのその歌を、彼と全く同じに歌うことが出来る。それを一度おさむに聴かせたいものである。たしか「黒ネコのタンゴ」は本国で何々ドロ、という賞を貰った歌である。ドロはフランス語のd'or（ドール）らしい。その後、テレビドラマに出たおさむを見たら（「花は花嫁」）おさむの子供と、細川ちか子のその子供の祖母が他の誰よりもいい演技だった。どういうわけか、そのおさむの演技は他の子役のように、いかにも子供々々した演技を、演出者がさせている、というところがなくて全く自然だった。何故皆川おさむの時だけ、演出者が、おさむに自由にさせていたのかが不思議である。全く、変に演技をつけずにやらせたために、新劇のヴェテランの女優と二人だけが素晴しい演技になっていたのである。その後、一寸《ちよつと》困った母親を持った十七位の少年役に出た時も、一瞬の表情に、光ったものを見せていて、私を歓ばせた。おさむはいい家庭で、よく育てられているらしいが、自分勝手に生活して、相当な不良に育った荒木一郎と同じく、悪を表現する能力がある。役者というものは、〈悪〉が出せなくては絶対に駄目なものだ。前に書いた、三崎千恵子と同じように、その役になり切っていたために役者だ、ということが感じられなかった演技をやった役者は、まだ名がわからないが、最近

「マリーの桜」に、マリーのところへ菜葉《なっぱ》を一わ持って来た、源さんという爺《じい》さんが、その役者である。この役者は「右門捕物帳」にも、「荒野の素浪人」に出る大出俊がクイズ番組に出た時、ゲストで、アナウンサーと並んで出たことがあった。番組に全部の役者の名を書き込めないのはわかるが、〈他《ほか》〉というのはまことに困る。いつだったか「すばらしき仲間」で〈北大路欣也、他〉となっていたが視ると殆《ほとん》ど田中邦衛が喋《しゃべ》り、北大路欣也もう一人の役者も訊《き》き役になっている。田中邦衛をうっかり見落すところだった。六月八日、日曜日、同じ番組に西村晃と、小沢昭一が出たのに、睡《ねむ》ってしまった。「伝七」「平次」がいつも再放映なのも癇《かん》に障る。何度同じものを見せる気なのだ。菊五郎の半七は、きれいな目を見張って形よく座ったり、立て膝《ひざ》をしたりするだけで、岡っ引の凄《すご》みも敏捷さも全くない。尤《もっと》も岡っ引は六代目より橋蔵の方がいい。六代目も見たら「うめえ」と言うだろう。橋蔵の平次はこわい、自身で訊きこみに来て二、三質問をし、「邪魔したな」と背中を見せて立去るがなんとなく、可怕《こわ》い。どこかで読んだが、橋蔵も若山富三郎のように六代目と親しかったらしい。うめえ役者はどれも、六代目の息がかかっている。「カレー屋ケンちゃん」だけは(再)の字がついているとうれしい。牟田悌三のちゃんがいいからだ。牟田悌三は「カレー屋ケンちゃん」に出ないで一体何処《どこ》へ出ているのかと思っていたら、工芸品を専門家がいろいろ説明するのの聴き役になって出ているのを発見した。何かいいドラマに出ているので「カレー屋ケンちゃん」に出ないのかと思ったら、なんのことだ。あの聴き役は誰だっていい。とくに牟田悌三を必要とする役か？　あれが。私は「おめえはどこに出ているのかと思ったら、こんなところに出ていやがったのか」と怒鳴りたくなったが虫を抑え、「なんだい一体」と、弱々しく呟《つぶや》いた。冗談じゃないよ、まったく。あの親父《ちゃん》は、おっかあとも似合っているし、子供たちとも似合っていて、実に楽しい一家なのだ。それで怒《いか》っていた時丁度、食事の仕度が間に合わなかったので近くのレストランに行って、（ハンバーグとライス）と言うと、お盆にハンバーグと、不味《まず》そうな味噌汁とたくわんが二切れついたお盆を運んで来た。四角くて、へんに凝った皿にのったハンバーグは、いろいろな余計なものが付いているために小型で、ブラウンソースはまっ黒である。私はそういう時やさしく微笑《わら》って、「これではなかったのよ。とり代えていただけます？」と言う、というような大人《おとな》の態度が取れない。ムッとなって、「これじゃないの。これは嫌いなのよ」と言って味噌汁をお盆の外へつまみ出し、甚しく怒《いか》りながら食べ終り、怒りつつ、帰宅し、帰った後《あと》も、怒っているのである。

芳村真理の「料理天国」

今、芳村真理の「料理天国」が始まった。私はかねて、この番組に毎回出て素晴しい料理を食う龍虎の役を、羨《うらや》ましいと思っていたが人にきくと、あの龍虎の役は、絶えず体の調子を整えておかなくてはならない、大変な役目なのだときいた。成程そうだろう。今日の鴨《かも》の蒸し焼は素晴しいが、葡萄《ぶどう》の入った甘酢っぱいソースをかけるのが気に入らない。トマトの入った野菜サラダを附け合せて、塩と辛子《からし》でたべたら素敵だろう。私は巴里《パリ》で、巴里の人間が、私たち日本人と同じ味覚を持っていることを知った。或日レストランで隣席の客のところに出ていたのが、秋刀魚《さんま》ではないが、大きな鰯《いわし》かなにかの、真黒に焼いたのに、雲丹《うに》が附けてある皿である。又、プリュニエという魚料理専門の店で、生牡蠣《なまがき》一打《ダース》に、ケチャップとレモンを絞ってかける皿を二打でも、三打でも頼むと出した。食いしん坊の多い、巴里らしい、楽しさだった。

――日本にプルニエというのがあって、高級な店らしいが、プルニエでなく「梅の木」にでもした方がいい。プリュニエは梅の木のことだからだ。本郷、（現在《いま》の文京区）に「鉢の木」という、大変に美味《おい》しいレストランがあったが、（現在《いま》もあるだろう）謡曲の題名で、なんとなく好きな店の名である。芝公園だったかにある、これも高級レストランだが、向うの名画の複製がかかっていた。（欧羅巴《ヨーロッパ》の昔の貴族の食事のようにしようというような店があるとして、一流に上等にしようというのなら、大きな薪のストーヴで薪の爆《は》ぜる音のする部屋で、皿を一枚割ったらボーイの首が飛ぶような皿で食わせ、食事の始まりから終りまで、相当上手《うま》い弾き手のヴァイオリンでも聴かせるのならいいが、それだと客もよほど上等の客でないと似合わないだろうし、私も、自分の家族だけで一部屋を専有するのでないのなら遠慮したい。気楽でないから）そういう風に高級ぶられると、料理を食いに来たので、複製の名画を見に来たのではない、と言いたくなる――

プリュニエの生牡蠣は、牡蠣酢のようで素敵で、三打でもたべられるというのが日本にはない。私はいつも三打たべたが、牡蠣の後《あと》は、あさりの入った炒《いた》め御飯と、後《あと》はレタスのサラダ（たてに割ったレタスが半分、切り口を上にしてあり、上にトマトの薄切り一切れと玉葱《たまねぎ》のこれも薄切りがこれも一切れ、のせてある。そこへフレンチ・ドレッシングがかけてあった）と、珈琲《コーヒー》用の小さい茶碗の珈琲、そうして果物で終りだった。生牡蠣を三打もたべても丁度いいようになっている献立である。あの生牡蠣が主になった食事位、私の好きなものはなく、随分通ったものだった。

日本の料理屋に招待したいのは巴里人だけだ。巴里人なら秋刀魚に橙《だいだい》を絞ってかけるのも喜んでたべるだろう。（さんま、うまいか、酢っぱいか）。私は「料理天国」に蟇目良ときよしが出て、並んで料理を食うのを見ると、（蟇目《がまめ》屋、丸目《まるめ》屋）と声をかける。この二人は稀《たま》に出るのだから、龍虎のような苦労は要らない。羨ましい人たちである。よく巴里のビフテキがうまいとか、どうだとか、書いてあるのを読むが、私の知る限りでは、巴里人はビフテキは食わない。小一年巴里にいたが、ビフテキを見たことがない。どういうわけか、巴里にはカツレツもない。コトゥレット・ドゥ・ヴォー（仔牛のカツレツ）というのが、衣がついてなくて、日本のビフテキに近い。銀座の「コック・ドール」は、階下に見本が出してあって、豚のカツレツがあったので、（豚カツを下さい）と言うと鼻の先で笑い、（ペラペラのペラペラですか）と英語（英国人に通じるかどうかは疑問だが）で答える。大抵、「コロンバン」のボーイとか「コック・ドール」のボーイとかの、珈琲と菓子の名だけ、又は料理の名だけが外国語で言える人たちに限って、鼻高々とそれらの名をペラペラ言って、客を見下《くだ》す。

(豚カツを下さい)と言った時、ペラペラペラですかと言った、コック・ドールのボーイは私が、(フランス語で言えばコトゥレット・ドゥ・ヴォーよ)と言うと鼻白んで、黙って向うへ行って、他のボーイを寄越し、黙って柱のところに突立っていた。(巴里のボーイをごらん)と、私は言いたかった。巴里のボーイは私が楽しそうにたべていると(支那《シーヌ》から来たのか? 巴里へ来て、巴里の料理をたべて、美味《うま》いだろう?)というように微笑《わら》いかける顔が実にいい。あらゆる外国人が集まってくる観光都市としての心得のようなものが、上の方からのおふれで行き亘《わた》っているようなこともあるのだろうが、巴里のボーイは感じがいい。もっとも「コック・ドール」のボーイが、面皰《にきび》を削った痕《あと》が紅《あか》いあの顔で、下手ににこにこされては、此方《こっち》は寒気がするが。大体日本の店員、ボーイには、商店の人間、つまり商人としての誇りなぞ、どこにもない。巴里の手袋屋(さすがにお洒落《しゃれ》の国で、手袋専門の店がある。香水だけを売っている小さな高級店もあった)の女店員は私が五つ六つ選ぶと、肱突《ひじ》きのようなものに、私に肱を突かせ、選んだ手袋を一つ一つ、柔《やさ》しい手つきで、まるで恋人の手に嵌《は》めて遣る時のように、私の指の一本一本に、皺を延ばしながら、手袋を嵌め、小首をかしげて微笑い、(強《きつ》すぎませんか)とか、(ああ、丁度いいですね)というような表情をする。日本では私が二つ三つ選んで、もっと選ぼうとすると、もうこれ位でいいでしょう、と言わぬばかりに、さっさと片附け始める。日本の、ことに銀座の店や、料理店に入ることを、何よりかにより、嫌厭《けんえん》している。

再び（犀星犬）について

以前の、室生犀星にそっくりの犬は、写真が、眼窩が窪《くぼ》んで黒く映ったので、（おうモリマリが来たか）と言っている処《ところ》ではなくて、（モリマリが鰻《うなぎ》が嫌いだというなら食わすな）と言っている所に似ている。室生犀星は冷えてしまった蒲焼が好きで、冷たい鰻を出した。蒲焼のギザギザの中に油が冷えて凝固しているのが不味《まず》いので、それをつい「新潮」に書いた。犀星は怒って次に食卓に鰻が出た時女中さんに（モリマリが鰻が嫌いだと言うなら食わすな）と言った。犀星は荷風、鷗外と共に、直ぐに怒る人物であった。室生犀星の文章は、直ぐ怒る人らしい文章だがもの静かな文人のような荷風も、理性の光に満ちている文章を書く鷗外も、直ぐ怒った。室生犀星は、敬愛している小説家である。師のような、そうして父親のような接し方で接してくれていた小説家である。（私は作家と書くのが嫌いで、小説家、文学者、と書きたい）

その師のような、父親のような犀星が、美味なものとして出す料理は、美味なものとして、たべなくてはならないと、私はそう思って、先ず一番先《さき》に我慢して鰻をたべ、室生朝子の牛肉、馬鈴薯、人参、玉葱のスウプ煮、鮴《ごり》の煮付けなぞで、口直しをした、と、書いたのだ。それで怒る筈はないと思っていたのだが怒った。五反田の鰻屋から自転車で来ると、丁度いい加減に冷えている。私は蒲焼のギザギザの中に油が冷えて固まっているのが閉口だ、という形容を怒ったのらしい。その冷えた鰻を、(鰻は冷めたい方が油濃くて美味《うま》い)と言って、よろこんでくう犀星の味覚は私にはわからない。全く大変に不味《まず》いのだ。だが犀星が、そんなことにひどくつむじを曲げる程、私に親しみを持ってくれていたということはうれしく、又、有難いことだと、私は思った。

続・私の誕生日

その日のことは前に、「新潮」の、マリアの気紛れ書きに書いたが、読者層が違うので、再び書く。その日タエコは、明治の老婦人に会うのだと思ったらしく、袖《そで》が男の着物のように四角く短い、叔母さんのを借りたような、地味な着物と羽織を着て来た。叔母さんの着物の中から、お河童《かっぱ》の女の子の顔が出ている感じである。マスオは荒いチェックの、暗い橄欖《オリイヴ》地の上着に、灰色の洋袴《ズボン》で来た。さてタエコは私と話し始めるや、その叔母さんの着物で脚を高々と組み、叔母さんの着物の中で両手を高く上げて振ったりして話し始め、とてもおかしい感じとなった。タエコは「森さんと　脊《ジャック》さんとが、恋人のようになったというのを読んですごく、羨《うらやま》しかった。どうすればあんな楽しい恋愛が出来るかしら」と言い、私は「それには先ず、男の子を生まなきゃ」と言い、皆笑った。（タエコは男の子にも女の子にも、一人も子供を生んだことがないのだ）「そうして、その男の子が九つになったら家を出るのよ。それにその男の子は暁星に入れなきゃ。そうすればその男の子は、仏蘭西《フランス》文学の教授になるしか、行く道がないわね。仏蘭西文学の教授になるのには先ず、助教授にならなきゃならないでしょう？　助教授になるのには、五人以上の先輩の推薦が要るの。ところでここが一寸《ちょつと》難しいの。タエコの夫の友人達が善《よ》い人たちだと、巧《うま》く行《い》かない。別れた夫の友人たちが、爵の場合は悪い人間（というのはつまり山田の味方）が揃《そろ》っていた。だから、その人たちの推薦で助教授になったわけだから、私の処《ところ》に来ることが出来なかった。それで長いこと待っていた。それで助教授になった時、助教授になってしまえば、助教授から教授になるのは本人の力次第だというので、爵は助教授になった日に、私の処に来た。それで、二十三年も待っていて、やっと鉄の鎖が切れた、という感じで、飛んで来たのだから……。わかるでしょう？　爵は、私の部屋の扉《と》を開けた瞬間、座蒲団《ざぶとん》の上に座って、卓袱台《ちゃぶだい》の上のお皿の雛《ひな》あられを一つ一つ脣《くち》に放《ほう》りこんでいる私を見たの。私は扉《と》の音に立って行くと、扉の外の真暗《まつくら》な廊下を背景に、一人の美青年が立っていた。その青年が、「爵《ジャック》です」と言った。私が上り口に、立った儘《まま》でいると、爵は両方の靴を自烈《じれつ》たそうに擦《こす》り合わせて脱ぎ、上り口に立っている私の横を擦《す》りぬけて、私の座っていた座蒲団の上に座った。そうして私がしていた続きのように、皿の上の雛あられを一つ一つ、仰向いて、脣に放りこんだ。その仰向いた脣の顔は聖僧が、聖母マリアの両掌から差す、聖なる光を仰ぎ見ているのと、全く同じの、喜悦の顔だったの。その瞬間から、脣と私《あたし》とは恋人のようになったのよ。だから、タエコの結婚した夫の友人たちが全部、悪い人でないと駄目だ、というところが、難しいのよ」と私は言い、タエコは感に堪え、その感に堪えているタエコの横でマスオは、生れて始めて見たのにちがいない、変った女の人である私を見、両方の頬《ほお》に、四五本縦皺の出来る顔で、楽しげに笑っていた。その笑い顔は、いい感じなのだがお腹《なか》の空《す》いた馬の感じだった。ものを感ずる神経が鋭くて又、その神経が何本もあるタエコとマスオとはその時から、私の、何でも解《わか》る友だちになった。そこで気の毒だったのは、脣と一緒に来た奥さんで、あった。脣は「上がれ」とも言わないで法悦に浸っている。私も呆然として脣を見ている。後《あと》から、仕方がなく、という感じで、座敷に上がって来た奥さんは、子供と、そこに座った。脣はその奥さんに、「ママを伴《つ》れて行くから先へ帰って夕飯の仕度をしておけ。ママはオムレツが好きなんだよ」と、オムレツの所に力を入れた。奥さんは仕方なく、という感じで、先に帰った。脣と私とは二人でいるのが夢のように楽しいので、真直ぐに脣の家に行きたくない。二人は私の毎日行く、梟《ふくろう》の目が一秒毎《ごと》に右《みぎ》、左《ひだり》にカッチ、カッチと動く梟時計のある、「ミネルヴァ」

という喫茶店で話した。ミネルヴァというのはたしか希臘《ギリシア》神話の中の、学問を司《つかさど》る神である。私の毎日通った喫茶店の名としては少しおかしい。芸術を司る神は、何《なん》というのか知らないが、芸術の神の名の付いた喫茶店なら、私は芸術に関係のあることをしているとはまあ、言えると思うので、おかしくはないかも知れないが。私と、夫だった人とは真《しん》から底から駄目になっていたので、二人には会話が皆無だった。よく世間で、あの夫婦は喧嘩《けんか》ばかりしていたがとうとう、喧嘩別れした、というがそういう夫婦はまだ元のような間柄に戻ることが出来る可能性が、あるのだ。ほんとうに駄目な夫婦は、会話が無くなる。それで夫の家で、夫と駄目になった時、次男の亨はまだ四つだったので、会話は私と藟の間だけにあった。私と藟とは、食後に食べた果物の種を、箱根細工の箱に取っておいて、庭の隅の樫《かし》の木の根元の傍なぞに、埋《うず》めた。私はいくら暈《ぼんや》りでも大人だから、二寸程の林檎《りんご》の苗木が出てくれれば楽しいだろうと、林檎の苗木を目に描き、藟は大きな林檎の樹が生えて、真紅《まっか》な林檎が一杯実るのを、想像した。或日私が、「杏子《あんず》の種を蒔《ま》こうか」と、縁側に出て、庭にいる藟に言うと、庭に跪坐《しゃが》んでいた藟が立ち上がって「ママ、杏子は秋蒔きだよ」と、澄んだ声で教えるのであった。それで、二十三年後に再会した私と藟とは、富岡タエコに話したようにして、恋人のように、なったのであった。先《さき》に書いたように、藟が奥さんに先に帰って夕食の仕度をしておくように言い、その言葉の後の方に、「ママはオムレツが好きなんだよ」と、付け加えたが、二人が家に行くと、夕食の仕度は出来ていたが、オムレツは無かった。その時私は、脅一家と私との未来がよくないことを、予覚したので、あった。脅一家と私との間柄は、私の予覚した通りに、崩壊した。併《しか》しそれは既《も》う過去のことに属する。

檀一雄と豚の耳

萩原葉子と二人、例によって嘘の道を教える人や本当の道を教える人の指し示《ゆびさ》すままに、あっちへ渡り、こっちへ曲り、又渡り直し曲り直しして、朝日何々会館に着いた。二人とも自分の方が判った積りで、曲ったり渡ったりする度に怒って、喧嘩のようになるのでいよいよ遅刻するので、出かける時には二時間前に落ち合うことにしている。何々会館には詩人のフェスティヴァルがあって、そこには二人をおびやかす催しが待っていた。名を呼ばれた人が壇に上って何か話をし、二分経過すると裏で太鼓が鳴る。太鼓が鳴ってしまった人は千円取られるのである。おととしから見ていると、どの人も太鼓に引っかかって笑って千円を出すが、寄附のための罰金なのでわざと二分を経過して千円出す仕組らしい。二人はおととしは逃げることが出来たがそういう仕組だから、今年は逃げられなかった。私は高い所に上ると、眼をあけていられない光が周囲《あたり》一面を暈《ぼ》かして、顔を上げることが出来ない。声も出なくなるので、いつも原稿を書いて行って読むことにしていた。それなのにその日は平気だった。皆の顔も見えた。どうしてだかその時はわからなかったが、後《あと》でわけがわかった。少し前、葉子と招ばれて話をした時、葉子に萩原朔太郎のことや天上の花のことについて質問が殺到し、とくに白絣に袴、跣で下駄ばきの人が舌鋒鋭く追及して、私は葉子を助けるために何度も立ち上った。その時その人をじろじろ見ながら答弁したので平気になったのだった。どうして平気になったのかと思いながら、私は言った。「なんにも言うことがありませんので、ここに立っていようと思います」。そう言って立っていると満場がどよめくように笑った。後《うしろ》の方では笑った顔が嵐の中の花のようにゆれている。私は又言った。「私の小説は男色とか近親相姦とか言われますが、私はそんなことに興味があるのではありません」。私は、自分のことをすべての人間が知っているような気がして喋る、ふだん親しい人々の間でやるやり方で話した。するとだんだん怒って来て、続いて、「私は怒りをひそめてここに立っております」と言って、人々を見た。人々は前にもまして笑いどよめく。私はもう一つの不愉快を言おうと思って、言った。（後できくと、スェータアを破れる程引張っていたそうである）「私の写真は養老院のお婆さんがお米を貰いに来たように写りますが、本当の私はそれ程でもないのでそれを見せようと思ってここに来ました」。そう言って私は皆を見たが、もう既に私は人気者と化した自分を確信していた。何か言うかと思うと黙る、うまい話術師のようになっていて、しかもしんから怒っているので、顔も様子もひどくおかしかったらしい。私は又言った、「養老院のお婆さん程ではありませんが、ここにいつまでも晒しておく程の顔ではありませんから、早く太鼓が鳴るといいと思います」。するとトタンに太鼓が、足がよろっとする位大きな音で鳴った。千円を上げて壇を下りてからも、皆が私を面白そうに見ているのがわかって得意である。宮城まり子さんが話しているので紹介して貰った桂ユキ子さんも、面白かったと言ったのだ。桂ユキ子さんは（いい真面目）で、前から好きだったのだ。いい真面目とはどんな真面目か？それはわかる人だけがわかるのだ。

　昂奮している内に帰る時間になったが、私と葉子には三つ行く所が出来た。草野心平とお茶をのむのと、宮城まり子と帰るのと、会場で突発した檀一雄家ゆきである。私も葉子も、草野心平と行くことにしていた。というのは草野心平も宮城まり子も、私たちの小説を褒めてくれる、大切な人なのだが、宮城まり子には何度も会えたのに、草野心平とはおととしのフェスティヴァル以来だからだ。檀一雄は三年位前葉子に、私も伴れてこいと言って呉れていたので、今日は行くべきだと思った。葉子を通じてこいと言ってくれている人は他にもあるが、葉子は動かない自転車を漕ぐ（美容体操である）のと小説とに熱中していて、今日行く、という日がこの頃はとくにないらしいのだ。草野心平は後から来るという話だったが、行った所はお茶ではなくて新宿の鮨屋だったとわかった。後で書くが、新宿の鮨屋の方が檀一雄の豚の耳よりよかったのだ。宮城まり子の家のお料理はもっと美味しい。檀一雄の料理は、方々で読んだり話にきいたりしたところでは、材料が変っているらしいが、おいしいことはおいしいだろうと思いながら、真鍋呉夫も加わって四人タクシで檀家に行った。私は車の中で、三つの中で檀一雄の料理が一番まずそうだと、考えていたが、食物に対してどうでもいい葉子の方は全く無関心らしい。大体、いくらでも入る私の胃袋に対して、葉子の胃袋は小猫の胃袋で、彼女と何かたべに行けば、ろくにたべないで料理屋を出て、帰りにラーメン屋に入り、まずいぎょうざを二つ残して私にくれようとする。すると私は首をふる、といったバカげた風景である。しかし彼女の、（鉛筆の、真面目の、文学）の、これも一つの要素であるから、悪魔サヴァランもそれを尊重して、厭がらないことにはしている。粋《いき》でないだけで、悪魔との馴れあいは、彼女も持っているのだ。だが全くいきのわからない人物で、神田松鯉《しょうり》の話をすると、どこへでも行くという人間だからいくいくと言うが、将棋だと思っている。マツに魚のコイだと言ってもわからない。さて檀家に着いて料理が出て来たが、美味しいことは美味しいのだが、豚には脂身がすごく多いし、きれいに毛がなくて、薔薇色っぽいトノコ色に滑《す》べ滑べして、ところどころ透明なところのある、豚の耳の刻んだのも困った。獅子頭という名の挽肉の料理というのが、ピーマンと挽肉らしいので、ありますようにと祈っていたが、無くなったということだった。最後に、ロシア人が朝鮮のを真似て鋳たらしい鍋で、豚の、脂の縞の入った肉を煮ながらたべたが、（煮えたと思うとすくい上げて、中央の灼けた筒のようなものに圧しつけてたべるのである）それにつけることになっていて、つけなくてはならない、焦茶色の、粒々のあるドロドロが、何で出来ているのか不明なのでつけたくないのだ。パキスタンか蒙古か、インドネシアか、どこかそこらの感じのある料理で、日本人の陽灼けとは異《ちが》う、ニュージイランド灼けという感じで歯だけ白い檀一雄の顔とはよく調和しているが、私の舌には調和しない。檀一雄は若い時の私の妹のアンヌの顔の質《たち》で、もし陽灼けの色が日本の色ならいい顔なのだが、豚の脂身や耳、焦茶のドロドロを喰わせる人物と思って見ると、よくないのだ。しかもいろりのある廊下の天井には、私の最も嫌いなうつぼの干したのがカラカラと、ぶら下っているのだ。フェスティヴァルの、人々の笑いも、よく考えてみると、珍妙な動物を見た人の笑いのような、動物園の檻の外《そと》の笑いだったような気がして来た。

第二章
料理自慢

夫であった山田珠樹と茉莉

——人参のうま煮を自慢する私——大変に残念なことだが、誰一人として私が料理の名人だということを信じる人間はない。私の愛する天才詩人の白石かずこ、富岡多恵子をはじめ、(ああ、なんといういかした女たち!!! そうして偉い詩を書き、又樹液に満ちた〔かずこ流にアメリカ語でいえばジュウシィな〕やさしい、そうしてきれいな、詩を書く女たち!!!) 又、天才詩人、萩原朔太郎の娘の萩原葉子(彼女は娘というと怒るのだったかな? 遺児でなくてはいけなかったのかな? 彼女は悪気では勿ろんないが、私のことで、私の困ることを、時々思いもかけない人に喋る癖がある癖に、私の言う言葉については、四角い眼鏡の中の目を三角にしたり四角にしたりして怒るので油断が出来ないのである)も、その他のもろもろの親しい人々は、私の間の抜けた顔や、なんでもすぐ落っことす、みるからに不器用そうな手をみて、私が料理をこしらえることが巧いどころか、料理をこしらえるということすら有りえないことのように思うらしい。私が証拠を見せたのでようよう信用したのは萩原葉子と、編集者のKという人である。萩原葉子が大病で入院していたのが明日退院という日、私は鮪と平目と、独活《うど》、若布、長葱を入れた、白味噌のぬたを作り、特大のアルマイトの弁当箱に入れて行ってたべさせた。

私の料理は、味噌すり坊主が味噌を擂り、料理の腕のいい坊主が銀杏や昆布を刻み、擂った豆腐に交ぜて揚げて、薄味に煮たり、水からし（からしを水で溶いたもの）を入れた蓴菜《じゅんさい》の三州味噌汁を造《こし》らえたりする、禅寺の普茶料理のような本格的な料理法ではないので、いきなぬたといっても、粒味噌を擂鉢で擂るようなことはしない。簡単すぎる程簡単なやり方で、本格料理の感じを出すというのが、つまりはすべてに面倒がりやの私の主意であるから、このぬたは、東横に売っている京都の白味噌をそのまま酢と水少々で一寸ゆるめ（野菜なぞから水が出るから、一寸固い位にゆるめる）、味の素少々、日本辛子少々を入れ、それで茹でて水を切った長葱、戻して笊《ざる》に上げておいた若布、薄く、短冊に切って水に放しておいた独活、刺身より厚めにそぎ切りにした鮪か鯛、なぞを和えれば終りである。

骨が小さいのか、猫のように少しずつしかたべない彼女がなんと、その特大の弁当箱の半分を平らげ、美味しいと、のたまった。次にKを驚愕させるべく企らんだ私は、誰が作っても大体美味しく出来るものは避けて、太めの人参を瓦斯の火だが弱火《とろび》にして、醤油と清酒少しを入れ（薄味）、直《じ》かがつおでとっぷり煮、持って行って、行きつけの料理屋で、ごはんの皿の上にのっけた。案の定彼は驚愕し、「美味しいですね」をくり返しつつたべたのである。彼は又「どうやって煮るんですか?」と訊くのだが作り方はあまり簡単すぎるのだ。そういう、簡単で、腕の要るものを作ったのだ。私は大きな鼻をぴこつかせんばかりに、得意になって、お機嫌に笑った。

そもそも私の料理の覚えはじめは、幼時祖母や母親が、こしらえた料理で、私はそれらを舌で記憶していた。まず、牛肉のビフテキにも出来る位のいいところを、細かく刻んだキャベツと一しょに、牛肉の繊維がばらばらになるまで煮て、塩胡椒する料理（これは父親が、伯林の下宿でたべたものらしい）。これが、なんともいえない美味しいものである。又、これと同じ要領で煮るキャベツ巻き。キャベツ巻きに白ソオスをかけたり、トマトケチャップを入れて煮たり、下手にふくざつにするのは私の好きな料理からいうと邪道で、料理店でオムレツが、トマトケチャップの、細い真紅《まっか》な帯をしめて現れると、私は心の中で激怒する。心の中だけでなく上《うわ》べで怒ったら気ちがいである。私はナイフで紅い帯のところだけ切りとってたべ、次の機会には、ケチャップをかけないように頼むが、その口ぶりの中に、前回の憤怒がどうしても出て、顔つきも厭な顔になっているのが自分でもわかるからおかしい。いく分かは気ちがいなのかもしれない。つまり、絶対自分の思う通りの料理を、自分の思うようにしてたべるのでなくてはどうしてもいやだという、一種病的な程度にひどいのである。刺身を醬油に浸す度合いも、おろしや紅たでをまぶす度合いもむずかしいのである。おろしはまっかになってはいけないのである。萩原葉子にたべさせたような、白味噌を使ったものは、これから春先きになるとたべたくなる。甘鯛の切身を白味噌を清酒少しと水少々でゆるめてまぶすようにして一昼夜漬けておいて焼く料理、半ぺんと小かぶと豆腐をてきぎに切り、出し（削り節で結構）をとって、塩少々を入れ、みを入れてひと煮立ちしたら下ろし際に味の素と酒を入れるだけである。かぶなぞの野菜の実をだしでうでるのはしつこくてきらいである。白味噌で蜆の汁も同じようにして作る（貝の口があいたら火をとめるのはいうまでもない）。蜆汁にはお客の場合、木の芽の吸い口にする（碗のふたの糸ぞこに木の芽をのせて出すのである）。菠れん草を青くうでて、醬油と酒少々で和え、木の芽少しを細かく刻んでまぜたのも素晴しい春の小丼用の料理である。

次にかくサラダは、私の随筆集に出ているので、気がひけるが、私の料理として絶対にぬかすことの出来ないものなので書いておく。巴里ではメニューにサラドゥ・リユッスとかいてあって、ロシアの料理のようにみえるが、私の母親が父親から教わったのはカイゼル二世が野戦料理として、自分で作って兵隊にくわせたというもので、ドイツの料理のざっしに出ていたのである。カイゼルがロシアの料理を知っていたのだか、それは判らない。白身の魚、春なら鯛だろうが、秋の鯖の方がいい、を酢と水（酢は水の三分の一）でうで、骨のあるものならむしっておく（私にとって魚の身をむしったり、うで栗の皮をむくということは、最もやりたくないことなので、いつも切り身をうでて、皮と血合いだけとるが、それもいやな時には刺身用の一さくを買う）。じゃがいもと人参はさいの目に切ってうでる（塩は入れない）。玉葱はみじんに切る（水にはさらさない。さらさない方がドイツ臭く、野生的であって、ドイツの草原でパンにでもはさんでパクつくのに合っているらしく私の好きな昔の一高生や、その昔の一高生の野蕃味をそのままのこして保っている大人の男のようだからだ）。卵を固うでにして白みもきみも一しょに荒く刻む、いんげんを短く切って（これは色がさめないために一つまみの塩を入れる）うでる。他にパセリを粉のようにみじんに刻む。魚や野菜、パセリをまぜ、塩と胡椒して酢に水を少量入れたもので和えると卵のきみは半どけになってまざり、きれいな色の配合である。白身にしろ、魚を入れるときくと日本人は生臭そうに思い、ハムでも入れた方が、と思うらしいが、酢を入れた水でうでるし、論より証拠、たべてみれば美味しい。誰も美味しいという。息子は、顔を洗える位の大きなボールに作ると、それを全部平げる。そうして平目を入れた時、少し柔いと思ったが、鶏だと思ったと言った。それほど淡泊《あっさり》しているのである。これは麦酒に似合うので、黒パンか、皮の固いフランスパンの生のままとバタを添え、麦酒と一しょにたべる。ドイツの血色のいい、活気のある娘がみえてくるような味である。秋なら、これに、甘い梨と、乾したプラムとを煮た（砂糖はほんの少しでいい。プラムから出る甘さを殺さないでいど）コンポオトをつければ満点である。春の料理には、巴里の下宿でよく出たムウル貝のサラダもある。ムウルは日本にはないので、私は浅蜊で作っている。浅蜊を、塩を少量入れた熱湯に入れて、口が開いたら丼にとって冷たくし、オリイヴ油と酢（私はミツカン酢で間に合わせている）のソオス（油は酢の七八分の一程度）をかけ、パセリを散らすのである。蛤の潮汁も三月の節句に使う位だから春のものだろう。蛤を浅蜊の時と同じようにして、普通の清汁より濃い塩味をつけ、清酒少々味の素少々入れてお碗にとり、木の芽を添える（この場合はむろん、水でなく出しである）。オムレットゥ・オ・フィーヌ・ゼルブ（香《にお》い草入りオムレツ）は、青々していて素晴しい。日本に帰ってからはパセリを緑色の汁が出る程よく刻んで、卵にまぜて焼くのである。

又、春に限る料理ではないが、私の得意なものにトマトのバタア焼きと、玉葱のバタア焼きがある。トマトは大きいのをかなり厚めの輪切りにして、フライやコロッケをかえすものでそっと、バタアをたっぷり煮立てたところに入れ、こわさないように、塩、胡椒をして両面を焼き、そのまま皿にとり、パセリを振りかける。玉葱も同様に、大きな輪切りにして、崩さないように、この方はバタアを、トマトの場合よりは少し控えめにして一寸焦げめのつく位に焼き、塩、胡椒をして、皿にとる。パセリも前と同様である。玉葱は渦巻形になるし、この二つは客用になるのが自慢である。栗を普通に茹でて皮をむき、醬油と清酒とでさっと手早く煮たもの、又枝豆を茹でて、この方は醬油と清酒で煮るのは栗と同じだが、煮ふくめるのである。卵を固茹でにして殻をむき、輪切りにし、これも醬油、清酒でさっと煮るが、この三つは私の自慢の惣菜料理である。シャンピニョン・ア・ボルドレエズ（茸のボルドオ式）も椎茸で出来る。大きな生椎茸をバタアをたっぷりにして（幾らかバタアに近い位の感じに）、両面を焼き、これも塩胡椒をして、パセリをふりかける。以上の、簡単な料理は、いずれも美味この上ないが、最後に一寸豪華版の牛鍋と、麵麭の温菓を書いておく。

牛鍋は婚家先の舅の妾《しょう》だった、お芳さんの得意のものであった。まず、鉄鍋に清酒

(清酒とここに書いているのはいずれも、白鶴である)を入れて火にかけ、熱くなったら、燐寸を擦って火を点けると、薄青い炎がめらめらと立って、酒精分が蒸発するから、それは別にしておく。次に牛肉の脂身を、同じく鉄鍋の上で、焦茶のカリカリな滓《かす》になるまでいためつけるようにし、油がよく出たら滓をとり去る。その油で牛肉を一度に入れ、ところどころ色が変り、生の色も残っている程度で、これも別にしておき、次に白たきをよくいため、長葱は、半分生位に、さっといためる。それだけの下ごしらえをしてから、清酒に醬油と砂糖(極少量)を入れて、牛肉、白たき、長葱を少しずつ煮る。次に豆腐も入れる(秋には松茸を入れる)。これは極上の美味である。

麵麭の温菓は、牛乳三合、よく溶いた卵十個(五人前)を混ぜ合わせ、ヴァニラ・エッセンスを耳かきに一杯弱入れ、一日おいて、少し固くなった麵麭を皮ごと五分角に切って、とっぷりと浸《つ》ける。そのまま火にかけ、ざくざくと、上下をかえす要領でまぜる。そうして、処々焦げめがつき、卵がところどころ、茶碗蒸しの卵のように固まって混ざっている限度で、火を止める。これは温くて、アイスクリームの香《にお》いがし、なんとも素敵である。これは結婚前に料理の女先生(お茶の水の先生だったと思う)に習った英語名のもので、ブレッド・バタア・プディングというのである。

以上、幼時に、舌で記憶していたもの、巴里の下宿で、マダァム・デュフォオルの造《こし》らえるのを見学させて貰ったもの、婚家先でこれも舌で覚えたもの、等々、日本名、フランスの名、英吉利の名、とりどりの、私のお自慢料理である。

さて、皆さんが、ここに書いた通りにしてみて、私のいうように素晴しいか、どうかは保証出来ない。奥さんを長年している人なら大丈夫であるが。料理の味はその人々の好き嫌いがあるし、大匙に何杯、何グラム、と定めては却って面白くない。若い人でも二三度造らえてみればうまく行くと思う。

又料理の味は春とか、夏とか、その日その日の天気の加減、涼しかったり、暑かったり、又、たべる人の気分にも変化があるから、匙に何杯、何点の何グラムなぞと杓子定規にはいくものではないのである。

日日の中の愉しさ

私の日日の中の愉しさ、それは詩であった。詩のようなものと言った方がいいだろう。私は詩というものをよく解るとは言えないし、詩を作ったこともない。自分で詩だと思っている、詩のようなものを日日の中で感じているのが、ただ愉しい。その愉しさが心の中に溢れていて、それが生活をなんとなく面白くしているようである。銀色の鍋の中で沸《たぎ》り泡立つ湯の中の、白い卵を見ていると、私は歌を歌いたいような心持になって来る。網目のように交わった桜並木の梢が、何かの煙と一緒に、薄紫に滲んでいる夕暮れの道を歩く時も。

私の一日の中の大部分を過す部屋の中には、硝子のものがそこら中に置いてある。アニゼット、葡萄酒の空壜。ウィンコオラの薄青い壜などもある。ウィンコオラの壜の色はコロンボ、ペナン附近の海の色によく似ている。又ボッチチェリの画の海の色にも、似ている。その壜を見ていると、青い、透徹った海や、土人の漕ぐジャンク、伊太利の画廊で見たボッチチェリの海が、浮んで来るのである。硝子というものの持つ透明。又半透明の緑、鳶色、靄の色なぞが、私の気に入っている。硝子の持つ脆さ。冷たさ。それから適当な重み。薄い洋杯《コップ》が触れ合う音もいい。硝子はクリスタルのように、貴重なものということにはなっていない。けれども硝子はクリスタルやダイヤモンドにはない、哀しい美しさを持っている。長崎の町に和蘭陀から運ばれて来て、ギヤマンと言われていた頃の硝子は空想するよりないけれども、明治の色の濃く残っていた頃の硝子の情緒はよく、覚えている。壜の中で鳴るラムネの玉。緑、空色、鳶色、牛乳色なぞのおはじき。硝子玉を繋いだ氷屋の暖簾。厚い台つきの洋杯《コップ》。私は硝子がほんとうに好きで、緑の薄い洋杯《コップ》に白葡萄、ヴェルモットなぞを注ぎ、その薄い縁《へり》に唇を触れる時の歓びを味わうためには、臨時収入のない時には何日かの間精進料理で暮すことを、何とも思わないのである。冷えた飲みものを入れた硝子の洋杯《コップ》を手に持つ時の、冷たさと重みとを、私は愛している。あっけなく持上り、生温かくて、鬱陶しく曇っているプラスチックの洋杯《コップ》を私は憎んでいるといってもいい程だ。便利なものを、便利な方がいい場所で使うのはいいけれども、情緒の世界にまでそれを持って来ると、人間は今よりももっと乾燥してしまうだろう。

私にとっては料理も、日日の愉しさの中の重大なものになっている。他の家事は必要でやっているだけだが、料理をするのは愉しくてならない。手のかかる技巧的なものは拵らえないが、プラムや苺、桃のジャムを拵らえたり、麺麭と卵と牛乳にヴァニラを落した温いお菓子。氷砂糖を熱いうちに溶かした冷紅茶などを、愉しんでいる。毎年七月には、ソルダムの皮を剝いて種をとり、漉して赤葡萄酒に交ぜた飲みものを拵らえる。ウィスキーより飲まない酒飲みの息子も歎賞するほど渋いリキュウルである。小説を読んでいても素晴しい料理が出て来ると印象に残る。シャーロック・ホームズの冷い鴫料理。リキュウル入りの珈琲。フィロ・ヴァンスの鱸と卵の温い料理。料理や飲みものの出て来る映画で、私にそこだけに見惚《みと》れさせずに、何かの印象を残したとしたら、相当な映画なのである。「足長おじさん」、題を忘れたがヒッチコックの、森の中に死人を埋めたり掘り出したりする映画なぞはその秀れた映画の例である。ポットの口から輝きながら迸り、洋杯《コップ》に満ちた朝のホテルの珈琲。グロックの鳶色《ブラウン》、紅茶の深い紅《あか》の輝き。狐色に焼けたマフィンなぞに惹きつけられながらなお、それらの映画の中のレスリイキャロンの踊、可哀らしさ、アステアの洒脱な踊。又はヒッチコックの傑作の、不気味なものを中にひそめた軽い面白さに、私は感じたのであった。巴里のプリュニエのロシアサラドによく似た、白身の魚入りサラドは、私の最もお得意の料理で、酢の利いたあっさりしたものである。（私は酢だけで拵らえる）顔を洗える位大きなボールに一杯拵らえても、息子は一息に平げる。生椎茸を充分《たっぷり》の牛酪《バタア》でいため、パセリを散らした、「ボルドオ風の茸」。レタスのフレンチソースに薄切りのトマトと玉葱を飾った、「羅馬風のサラド」なぞ、いろいろである。料理の味つけというものは――残念だが私は料理の料の方、つまり庖丁を使う方は駄目である――一種の詩のようなものである。教えても駄目な代りに、覚える人はすぐに覚える。化粧、色の選び方なぞ、すべて微妙なものは詩なのだ。私の好きな色は、極く濃い藍か紺、茶、燕脂、それでなければ電燈の下では白と間違える程の淡《うす》い薔薇色、灰色がかった水色、とのこ色なぞである。例外はココア色、栗色、燻んだ空色、暗いロオズである。昔西班牙《スペイン》の街を歩いた時、家々の壁の色がひどく弱い赤で、（ごく淡《うす》く赤みがかった卵の殻の色）窓の鉄格子が濃い緑、そうしてその窓には紅い西洋葵《ゼラニウム》の鉢が、置いてある家が多く、燃えているような太陽が壁や、紅殻色の地面に濃い紫色の影を落していて、綺麗だった。とのこ色というのはその西班牙《スペイン》の壁の色に似ている。映画の「女と人形」が若し色彩映画だったら、一寸滑稽味のある美しい体をしたバルドウの可哀らしさと一緒に、その壁の色や西班牙《スペイン》の昼の光がもう一度見られるのではないかと、私はひどく楽しみにしている。

「蛇と卵」——私の結婚前後

世は大正の初期で、明治の尻尾もまだどこかに、たしかに揺曳していた。おん年十六（今の十五）の私に結婚の申込みが二口《ふたくち》あった。一つの方は（三宅さんの奥さん）とだけしか、私は知らない奥さんのお話で、（この奥さんは顔はおぼえていないが私が十三の時、私を「なんとおきれいなのでしょう」と言ってくれた数少ない恩人である。もう一つの方は本人の義兄の軍人をもって申入れて来た、紳商、山田暘朔という人物（なか〳〵の傑物）の長男である。山田の方は大変な金持だった。三宅の奥さんのお話の方のは、大金持ではないが普通で、本人の人物というのを三宅夫人が保証した。運が悪いことに申入れの時期が三宅さんのお話の方がひと足ずれた。何も申入れの順番を律気に守る必要はなかったが、私の両親の胸は、（茉莉は大金持で、女中が多ぜいいないと奥さんがつとまるまい）という大不安に閉ざされていた。めしはまだ炊けない。髪を結うのも、帯を締めるのも、すべて女中にしてもらって、宿題や、試験の下ざらえに集中していて、朝起きると（カオアラウオユ）と、母親か本人がのたまうと、女中がもってくる。女中が後に立って髪を梳かし、ゴム紐で結んでリボンをかける間にもう一度試験のおさらいをしたり、フランス語のルッソンをさらう。靴は小学校の二年位からはご自身におはきになったが、女学校の時も、編上げ靴は母親が決して履かせなかった。そのころの女の子の編上げ靴は紐を左右二列に七つ八つ並んだ凸物に綾に引っかけるのであって、到底茉莉ちゃんの手には負えなかった。お仕度がすむと人力車にお乗りになる。するとただこしかけていればスーッと学校に到着する。こういう一種の流れ作業（女中と車夫との）によって生活していたのであるから俄かにお嫁に行くとすれば王様のお妃にでもなるよりほかはない。そこで横浜のイリス商会で、小僧から叩き上げ、何十万の財産を擁し、家はお城の如く、女中は上下で五人いる山田暘朔の話の方に、両親の心は大いに動いた。その上に私は十五になっても父親の膝に、冗談にしろ乗ったりしていて、手に負えない赤ちゃんお嬢さんである。そんな困った娘は一つでも年の少ない内に嫁にやれば、（まだ十七だから）と、哀れんでかばってくれている内に、その家の人になってしまうだろうというのが両親の考えだった（両親の思惑は的中して、意地の悪い小姑二人と女中の中の多くの者の他はすべて、茉莉をかばったのである）（まだ女学校に行っていたので結婚式は一年後になったわけで私は十七で結婚したのである）それに、山田暘朔の長男の山田珠樹はフランス文学で銀時計だったから、茉莉が見たこともない人間で困らなくてもすむだろう、と両親は思った。見合いをしてみると、感じはいい。本人の茉莉も、やさしい、善い人間だと思った。三宅の奥さんの言った、「一度お会いになってごらんなさい。その息子さんはわたくしが保証いたしますよ」という熱心な言葉と、それを言った時の奥さんの表情が、母親の心に引っかかっていた。三宅夫人は母親の実家と親類のように親しい人で、身分のいい、大変に親切な人物である。だが山田の方と先に見合いをして、かなり本人を気に入っている。茉莉の両親は山田の縁談を相当に気に入っているのに、もう一つの方と見合いをしてみて、いい方にする、ということを不徳義なことに思った。

というようなわけで、茉莉は珠樹の婚約者となり、一年間の間に少しづゝ山田珠樹の家に行くことを、いくらかよろこぶようになった。その理由は山田珠樹が善い人間にみえなくなったわけではないが、善い人間というよりもむしろ素敵な人間にみえて来たからである。山田珠樹は、見合いの時には近衛第十三連隊、第五中隊の伍長の制服を着て来たので朴訥な位に見えた上に、人に気に入ることの巧いタマキはフランス文学のフの字も香わせず、終始黙って俯向いてあぐらをかき、柔和にわらっている。見合いにもついて来た義兄の長尾恒吉が、自分の家に奈翁《ナポレオン》を描いた絵があると言った時、顔をあげて、「戦争の場面でした」と言ったのだけが眼立った。その後長尾恒吉の家に行く度に、茶の間の隣の部屋の壁にかかっている、奈翁《ナポレオン》の雪中行進の絵を見て茉莉は（これだな）と、思った。

さて、婚約時代が始まったが、一種のプレイボオイの山田珠樹にとって、（大正時代の初期にはプレイボオイを何と言ったか、私は知らない。テレビも週刊誌もない時代である上に、母親の婦人画報を垣間見るだけだったのだ。特に禁じていたのではないが、新聞も雑誌も読ませられていない。もっとも破けて落っこちていたり、濡れたりしなくても、日本の新聞は朝配達された時から何となく薄汚ないので、茉莉の方で新聞は手に取らなかった。＝日本の新聞は、なんと薄汚ないものだろう。巴里のジュルナァルなら犯人の部屋に破けて落ちていても素敵である＝その頃、母親の実家の祖母や叔母たちと一度、先代左団次の〈箕輪心中〉の藤枝外記を見て、従姉と二人で見とれたが、それきりつれて行って貰えなくなったので、父親のところに来る「邦楽」という雑誌に出ている明治座や歌舞伎座の広告を盗み見、〈波の鼓〉という芝居を見たくてならなくて、媔かれた初恋といった状態が一寸の間続いた、という特殊事情で

「邦楽」だけは見ていた位のものである。それで珠樹のようなのを世間でなんというかは知らなかったが、現代で言う、プレイボオイ的なものを、私は山田珠樹から感じとっていた）茉莉という子供女の心を惹くのに、一年という婚約年月はあまりに充分過ぎたというものである。不良お嬢さんとの交際と、上女中との恋愛と、フランス文学とで、磨き上げた腕（？）は余裕綽々、忽ち真白な茉莉という巣の中の卵を、そこはかとない恋愛的な色に、薄くだが、染めて行った。

山田珠樹は知らなかったが、前に書いた市川左団次の芝居と同様、茉莉はたった一つだけ、小説を読んでいた。本屋からの寄贈本の装幀がきれいだったので読んだのである。それは夏目漱石の「虞美人草」で、茉莉は甲野さんに憧れた。山田珠樹は蒼白くて陰気で、多分に甲野さん的だった。又彼の山田という家の中での在り方も甲野さん的だったので、稚い婚約者にとっては（恐るべき凄腕）を、持っていた珠樹はその上に加えて「虞美人草」の甲野さんに似ているという地の利を得ていたのである。

婚約交際といっても、巣の中の卵同様に大切にされていたので、どこかで待ち合せてデイト、なんていうことは考えられもしないことだったが、どうかした拍子に二人になる機会をねらって蛇は卵を温めた。一度はどういう油断が母親を襲ったのか、彼女が山田珠樹の人格を信用したのか知らないが、「パパの本のお蔵を見ようじゃんか」

（彼は何々しようじゃありませんかという時、「何々しようじゃんか」と発音した）と彼が言って二人で土蔵の二階に上った。白い卵は幼女の頃そこに登ったきりだったので登ってみたかったし、蛇と二人きりになることに不思議な面白さを覚えはじめていた。暗い階段に上ると、少女の時の不思議な興味が卵を捉え、卵は床に沿って開けてある小さな窓から、陽のさん〳〵と光る下の庭を見下ろしてみようと試み、埃だらけの窓の下枠に膝をかけて小窓から庭を見下ろした。日露戦争の野戦病院のベッドを記念に持って来たのかどうか、わからないが黒く塗った鉄製のベッドが窓の下にあって、そこに百日草が、濃い黄土色や、真紅、ミルクをまぜた薔薇色、などに咲いていた、幼時の景色は消え去って無かったが、黴の匂いのする暗い土蔵の中から、そこだけが眩惑するほど明々と明るい感じは全く昔と同じである。その時おそく、この時早く、蛇は「危いよ」と言い、手を延ばして、白い卵の腰を軽く抑えた。鉄の格子が嵌っていて、墜落するおそれは全くないのに、である。その時刻、卵の母親は台所かどこかにいて、父親は上野の山の博物館か、虎の門の図書館か、のどっちかの建物の中にいて、蛇と卵のアヴァンチュウルをつゆ知らなかった。だが事件は正確にそこまでで終りであって、蛇が帝大仏文科の銀時計で、名誉と保身のかたまりであり、卵がオーガイという、いやに金ピカの、存在の娘であってみれば（オーガイという名に何故かまといっている、歌舞伎の御殿もののきんきら衣裳のような感じはほんとうにいやである。寂寥の海岸に鋭く透っている、尖った貝殻のような朔太郎や、苦沙彌的な漱石なんかはなか〳〵いいのだ。オーガイの内容は安《やす》金ピカではないのに、である）当然のことなのであった。帝劇へのオペラを観に行った時、母親に隠れて、脚の上の方を突ついて、茉莉を自分の方にふり向かせたり、帰りの出口の石段で、母親の姿が人混みの中に紛れた時、ふざけて「マルガレエタ」と歌いながら、肩掛けを巻いて首を締めるような仕種をしたり、というような具合である。それらの出来事は私が父親の膝の上で感じた安楽さに、懐しさと憧れとが混り合ったようなものとは異ったものだったので、なんとなく惹かれた。だが本来、心の周囲に硝子のようなものが嵌っている人間で、他の人間の心にしろ、形にしろ、外から入ってくるものがその硝子を通るとなんとなく鈍くなってしまうような具合なので、白い卵の心はパッパから甲野さんのタマキの方へ五十度位傾斜したようにみえたものの、それはたしかではないらしかったのだ。その証拠にはいよいよ結婚式の日になっても感動もしなくて、紳商、山田暘朔がオットセイかニイチェのような髭をもぐ〳〵させて、「設備万端不行届」なんて挨拶しているのを眺めたり、ボオイが注いで行った日本酒を、間違えたふりをしてなめたりしていたのである。

さて、結婚式もすんで、私は三田台町の山田珠樹の家、つまり紳商、山田暘朔の家に入った。山田暘朔、その妾の高野よし、（通称、およっちゃん）山田タマキ、タマキの継母の子の俊輔、富子、豊彦、出入りの男の万吉、常蔵、上女中二人、台所女中三人、爺や一人、車の運転手照山、という一大族で、夕食の時には三日に上げずタマキと母が共通したタマキの姉の長尾幾子、斎藤愛子、が子供づれで並び、各々の夫も会社の帰りには来るので、夕飯の人数は客のない時で七人、全部集まると十五人、そこへ、中村のおじさんという、子供の時から暘朔に世話になっていたという人物が、これ又二人の子供づれで現れる日が多いので二十人近い日はザラで、めしは依然として炊けなくて料理は鮭の白ソースだけしか出来ない私としては、到底、十人以上の人数のおかずを造り、男たちには酒のかんをして、酒の肴を出すなんていうのは手に負えないので台所には出なかった。すると長尾恒吉が、結婚の申込みも自分がしたし、見合いにも立ち合ったので責任を感じたのか、私の父親のところに来て、「もうぽつぽつ台所へも出て貰わないと困る」と今度はいやな申込みをした。父親は「茉莉も家ではなかなかうまいものをくわせることもありますが、台町のおよしさんの台所では一寸無理でしょう」と言い、母親は私に、台所へは出るのはよした方がいいと、いった。ところがどうしたのか或日、急にやってみようと思い、鮭を十七切れ買えと女中に命じ、（それが困ったことなのである。十七切れも要るなら一尾か、片身を買って、残りは次の日のおかずにするという智恵がなかったのだ）それを大きい鍋で茹で、茹でた汁で卵入りの白ソースを造って出したところ、大評判になった、というのは、台町では西洋料理というものは一切造らない。造れないのだ。近所の小さな洋食屋からとるだけだったからだ。およっちゃんはたべながら、小粋な小さな丸髷の髪を傾けて「このソースはどうなさるんでございますか？」と訊いた。おせじでないのがわかったので委しく伝授すると、器用なおよっちゃんは直ぐ同じように造り、次には鰯に応用したのである。台町で一番困ったのは朝である。珠樹夫婦の住んでいる二階から朝階下に下りると、どこにいていいかわからず、どの用事に手を出すことも出来ない。およしさんは茶の間の火鉢で暘朔のトーストを造っている。女中もそれ〴〵用事の受持ちがある。男もきょうだいたちは新聞を広げている。富子はきまった用事はないがなんとなく気の利いた様子で、手助けをしていて、お茶を飲んだり、菓子をくったりしていることもあるが、適当に手伝っているからおかしくないのだ。ぽかんと朝食が出るのを待っているのは暘朔をはじめ男たちと、私である。

　何しろ、大勢いて、表面は円滑で、花柳界のように、人々の会話はすべて冗談のやりとりになっていて賑やかなのだが、彼らの中には仲のいい同志もあるし、悪いのもある。ひどく気疲れがしたが、やがて、別に家を持ったことによって大勢の中での困惑は終ったが、その内に珠樹との一対一の困惑がはじまり、それがだん／＼ひどくなって、とう／＼逃げ出すことになったが、私の結婚は、滑り出しのころはかくの如くに莫迦げていて、又且つ滑稽なものだったのである。

愉しい日々

今度出た別冊文芸春秋で、ヨーコベエ（萩原葉子）に私が出した手紙を載せてもいいか、というので、いいですと答えたが、雑誌を見るとその（とっておきの手紙）という欄がなかなか見つからない。葉子の頁《ページ》を開けようとする度に大変である。何故彼女の頁を探したかというと、葉子は私のようなスゴイ記憶力を持ってないので、彼女が入院中に持って行って遣《や》った料理が違っている。彼女はその日、私が特大のアルミの弁当箱に入れて持って行ったのにも係《かかわ》らず、彼女は二度に分けないで一気に食べ終って、満足の意を表わした。ヨーコベエというのは猫のような胃袋の奴で、それで私はいつもひどく怒るのだ。一寸《ちよつと》話が横道に入るが、レストランという字を書く時には、大っ嫌いなエーゴを使わなくてすむのは助かる。レストランはエーゴも仏蘭西語《フランス》も同じである。但し発音は雲泥の差だろうが。ムロン仏蘭西語が雲《くも》で、エーゴが泥《どろ》だ。

私は今、得意の発音で、Restaurant と、声に出して言って見た。仏蘭西語のレストランは、ロンとランとの混合した発音である。或日、エキセルシヨール（巴里《パリ》の新聞）を見ていたら、こういう広告が出ている。

Restaurant《レストラン》 bar《バー》 Hôtel《オテル》
(Beaux《ボオ》 séjours《セジュール》)

と書いてある。訳すと、レストランと酒場《バア》のあるホテル。（愉しい日々）というのである。Beaux séjours（愉しい日々）というのは単に楽しいというのではなくて、歓《よろこ》びの日々でつまり、恋の歓び、というような時に使う言葉である。私は又声に出して、（レストオラン、バア、オテル、ボオ、セジュウル）と言って見た。なんとなく陶酔《うっとり》した。フランス人はHa, Hou, Hi, Ho, Huをア、ウ、イ、オ、ウ、と発音する、ハとかフ、ホ、という音が言えないのか、言わないのか、そう発音するのでホテルはオテルであり、Hippocrite（何の詩だか忘れたが、詩の中に、イポクリィトという人の名が出てくる）が、巴里のコメディ・フランセェズ（東京の歌舞伎座のような劇場で、古典劇をやる劇場）で、このイポクリィトという人の名を、女優が言ったのが今でも耳に残っている。イポクリィトのイはHiであるから、英吉利《イギリス》人や亜米利加《アメリカ》人ならヒポクリィトと発音する。フランスの古典劇役者独特の、歌舞伎の古典劇で、役者が科白《せりふ》を言う時のような、大波《おおなみ》、小波《こなみ》が打ちよせるような、一種独特の抑揚で、「イッポクリィト、イッポクリィト」と言った声音《こわね》は今も耳の底に、残っている。四十近い女優の太い、低い、声であった。なんともいえない、いい発音である。巴里では日曜日には、コメディ・フランセェズで女優が何人も出て、詩を朗読していた。中学生たちにフランス語の正しい、美しい発音を、教える為である。若い、綺麗な女優が交《かわ》る、交る出て来て、詩を、綺麗な、純粋のパリジエンヌの発音で朗読する。桟敷や土間は母親に伴《つ》れられた、白いカラの中学生で一杯である。なんという、自分たちの国の発音を大切にして、愛する国民だろう。東京の女の子は、戦前に地方から来た女中しか発音しなかった発音で、「何々だかラア」と言う。地方の女中のその発音は一つの地方色で少しもおかしくはないが、東京の娘や令嬢が「何々だかラア」と言うのを聴くといやになる。レストランの発音の話が長くなったが、葉子は、レストランで雀《すずめ》の餌《えさ》程たべる。そうして帰り途《みち》で、「マリさん、寄らない？」と、ラーメン屋の暖簾《のれん》を分けながらふり返るのだ。直《す》ぐに一杯になるがすぐ又、空いてくる、特別製の胃袋なのだ。面倒くさい人物もあればあるものである。私の方はもうお腹は空いてないのだ。これは怒るのは私だけではないと思う。彼女と何かたべに行くのは、二軒廻る、ということなのだ。猫の胃袋を持った親友を持っていない皆さんは幸福である。又私が入院中の彼女に持って行ったのは鮪《まぐろ》と平目とのぬたである。ほんとうを言うと、まぐろとねぎの赤味噌《みそ》のぬたか、平目とねぎの白味噌を造りたかったのだが私は、彼女が一日も早く直って、めでたく退院することを希《ねが》って、野暮でいやだったが、まぐろと平目の紅白のぬたにしたのである。まぐろと平目の白味噌のぬたなんて、見たことも、きいたこともない。そんな野暮なものを造るのはいやだったのだ。彼女の病気は難しい病気ではなくて、そんなに縁起を考えて、野暮なぬたにしなくてもよかったのだが。葉子は、私の料理は始めてだったので内心おどろいたらしかった。誰でも私という人間を見て、料理が巧《うま》いとか、家事が巧いとかいう風には思えない。その日葉子は猫の胃の中へ、大型弁当箱に詰めたごはんと、紅白ぬたを一気に詰め込んだ。そうして私に言ったのである。マリさんの料理の自慢を聴いていつも信じてなかったわ。今度みんなに、マリさんの料理が巧いことを吹聴するわ、と。彼女は私に自分の不明を謝し、私が料理の名手であることを皆に伝えることを、誓ったのである。私は心の中でニンマリし、(よしよし、わかりゃいいんだよ)と、言ったのである。だが私の料理は自分のためだけに造るのであって、葉子のために造った時や、普段、息子たちや、そのお嫁さん、クメサマ、五百《いお》、なぞのために造るのは異例なのである。もっともこの頃は、週刊誌に書くようになったので、殆《ほとん》ど缶詰料理になった。ビイフ・

シチュウを温めて、赤葡萄《ぶどう》酒をドク、ドク、と入れるとか、ビイフ・カレエに大蒜《にんにく》を細かく刻んで入れるとかである。大抵、料理屋から取る。

お芳さんの料理

今回は一寸《ちよつと》テレビ離れするが面白いので書いておきたい。前に舅《しゆうと》の妾《しよう》のお芳さんが、顔に何か塗っていじくり廻すことを、せっちょうすると言ったことは書いたが彼女は又女中に暇を出す時、（お前さんがそでないことをするからさ）と言っていた。そでないは、左様《そう》でない、という意味で、間違ったこと、という意味のようだ。又五代目未亡人の談話に（あのひとはおこんじょわるでしたよ）というのがあった。いじわるのことらしい。お芳さんは夜更けなぞに気が向くと面白い唄を唄った。それは（奥山に、きじときつねとおねことといぬとが、集まりて、なんというて鳴いた、きじけんけん、こんこんにゃんにゃん、けけここにゃにゃわんわん、けこにゃんわんわん）というのである。歌詞だけ聴くと滑稽だがこれをお芳さんが渋い咽喉《のど》で唄うとひどくよかった。私はうまくはないが、お芳さんのように唄ってみるのが楽しみである。お芳さんは粋《いき》である。ものを半分言って此方《こっち》にわからせて微笑《わら》うのである。夫の姉たちがあまりよくない長襦袢《じゅばん》の柄なぞを選ぶと、ちらと私を見て、（斎藤の奥さまのお襦袢……）と言って、微《かす》かに笑うのである。私は山田の家に住むようになるや否やお芳さん崇拝になってしまって、お芳さんが紫地に匹田《ひった》で出た笹の葉模様の長襦袢を縫っていると、それと同じので自分の昼夜帯を縫って貰ったりした。或日舅が手洗いに行って着物を汚《よご》してしまった。お芳さんが、（着物の上着と下着の間についていたんですよ）といい、私が（じゃあサンドキッチになってたのね）というと（そうなんですよ）と我が意を得た感じで笑った。お芳さんは又、私の帯を締めてくれて、（この位でよござんすか）といい、私がいいわと言うと小声で（丁度よいかや、よいわいな）と言ったが、これもなんともいえず粋だった。私が舅の建ててくれた大和村の家に移ってから、お芳さんはよく舅と遊びに来たが、舅が先に帰る時なぞに、舅の車が出てしまうと一寸反り身になり、背すじを延ばすようにして私を見返えり、（やれ、やれ）という顔で笑ったが、そんなところも、舅には一寸気の毒だったが、よかった。お芳さんが夏、細いたて縞の浴衣に、他所《よそ》行きのを下《お》ろしたらしい、水の流れと葦《あし》の模様、又は水に細い魚の泳いでいる模様、なぞの絽《ろ》の帯を低く締めて廊下を行く後姿もよかったが冬、米琉《よねりゅう》の着物に同じような羽織を着ていたが撫《な》で肩で姿がいいので、羽織に薄く真綿を入れていても、羽織の下に真綿を着ていても格好よかった。姿がいいというのは得なもので、その上へ舅とお揃《そろ》いの角袖外套を着ても着膨れた感じは少しもなかった。又、粋だが品のいい顔だちだったので、丸髷の根がけに珊瑚《さんご》でなく小粒の真珠をしているのも似合った。お芳さんが真珠の根がけを普段にもしていたのは中村の叔父さんという舅の遠縁の人物が、どういう手蔓《てづる》で手に入れたのか、小粒だが本物の真珠や、瓢簞《ひょうたん》形になった真珠（出来そくないらしい）をお盆にザラザラのせて皆に好きなだけ取らせたことがあり、それでお芳さんは根がけも二つ造り、瓢簞形のを三つ並べ、銀で葉をつけた帯止めなぞも造ったのである。お芳さんの言葉遣いは今も書いたように粋だったが、当時の花柳界の女は皆そうだったがお芳さんも言葉の中によく漢語をまぜた。雛妓《おしゃく》や下地っ子（幼い女の子を行くは芸者にするつもりで家において、一寸した用や、走り使いなぞをさせる、女の子の名称）に、末は一寸した凄《すご》い妓《おんな》になりそうなのがいると、（蛇《じゃ》は寸にしてっていうのはああいうのを言うんだろうねえ）と言い、何か悪いこと（つまりそでないこと）をして巧《うま》く胡麻《ごま》かすのがいると、（お前さんそう潔白には言えないだろう）なぞと言った。この蛇は寸にしてとか、潔白、なぞというのは歌舞伎で羽左衛門の侍なぞが言うのを聴いて用いるのである。（あの女《ひと》が言うことはあてずっぽうだから信用出来やしないよ）なぞと言うのである。

又芸者がそこの芸者屋の男と通じたりするとどっちもお払い箱になった。この内々の者同志が仲よくなるのを（突き通し）と言って江戸時代には二人とも簀巻《すま》きにして海へ投げこまれた。（そいつら簀巻きにして海へほたり〈放《ほう》り〉こめ）なぞと男衆（使用人）が言い、凄いものだったらしい。そんな時芸者屋の女将は（清吉も清吉だけどお新もお新じゃないか）なんていう言い方をした。お芳さんがお酒の徳利を右手に、その袖口を左手で一寸抑え、（斎藤の旦那様お一つ）、（長尾の旦那様お一つ）と、横から注《つ》いで廻るとそこに、明治の絃歌の世界が髣髴《ほうふつ》する。お芳さんは私にその見たことのない世界を目《ま》の当りに見せてくれたのである。

お芳さんの料理で私が見て真似をしたのは柚大根《ゆずだいこ》と煮なます、それと牡蠣酢《かきす》だった。柚大根は大根をごく薄切りにして、甘みの少ない三杯酢を丼《どんぶり》に満たし、そこへ浸《つ》け、柚の薄切りを入れて少間《しばらく》おくのである。牡蠣酢は牡蠣の酢の物で、これは誰でも造るがお芳さんのは牡蠣の酢の物に、生姜《しょうが》の細かい角切《かくぎり》を散らすので、そうすると一寸したことで見た目も味も粋になった。大根下ろしにまぜた海鼠《なまこ》の酢の物も美味《おい》しかった。煮なますというのは、そぎ切りにした大根を茹《う》でて柔くなったら、鰯《いわし》の三枚に下ろしたのを入れ、お清汁《すまし》の味をつけた後、酢を少し入れるのである。お芳さんの用事は朝茶の間の大火鉢で、一切れを四つ切りにしたパンを具合よくトーストにし、紅茶を茶焙《ほう》じで焙《あぶ》ってから淹《い》れた紅茶とミルクを添えて大盆に載せ、女中に持って行かせるのに始まって、舅の入浴の世話、彼の着物を着せる、脱がせる、足袋を履かせる、又脱がせる、一日中大変だった。明治の男は愛している奥さんでも女でも、女中のようにコキ使った。愛していればいる程世話を焼かせた。ところが、私が巴里《パリ》に行ったのは大正時代だったが、巴里の女にはお芳さんのようなところがあった。又男に打たれても殴られてもついて行く。男を膝《ひざ》まずかせて得意になる風潮は、アメリカから来たものらしい。男に生れるとしたら明治に生れるか、巴里に生れるかだろう。お芳さんの造ったものにもう一つ素敵なものがあった。春になると造った筍鮨《たけのこずし》である。まず鯛《たい》を薄いお刺身に作り、その皮をとっておいて酢の中でもみ洗いするように、よく揉《も》み出す。その薄く濁った酢で、鮨飯を造り、四角い鮨型にまず鮨めしを詰め、鯛を入れて又ご飯を入れ、上に、筍を甘くなく薄味に煮たのと、木の芽をのせて、よく押すのである。三角形の筍と青々とした木の芽が爽やかで、ひどく淡泊《あつさり》したお鮨である。舅の生国の広島のものかも知れない。私は春になるとその筍鮨を思い出し、お芳さんを思い出すのである。お芳さんは胸を患って、舅に先立って亡くなり、舅の晩年は淋しかったらしい。舅は私が子供を二人おいて出た時大変に怒ったが、亡くなる頃には（茉莉はどうしているか）と言ったそうである。お芳さんの唯《ただ》一つの（のろけ話）は、彼女が雛妓《おしやく》の頃、箱根の山の上に避暑していた市川左団次（団、菊、左と呼ばれた初代の左団次）に会いに駕籠《かご》に乗って山を登ったという話である。お芳さんは新橋の「吉《よし》三升《みます》」という家《うち》の妓で、妓籍にいた時の名は小桃《こもも》と言った。

第三章
思い出の味

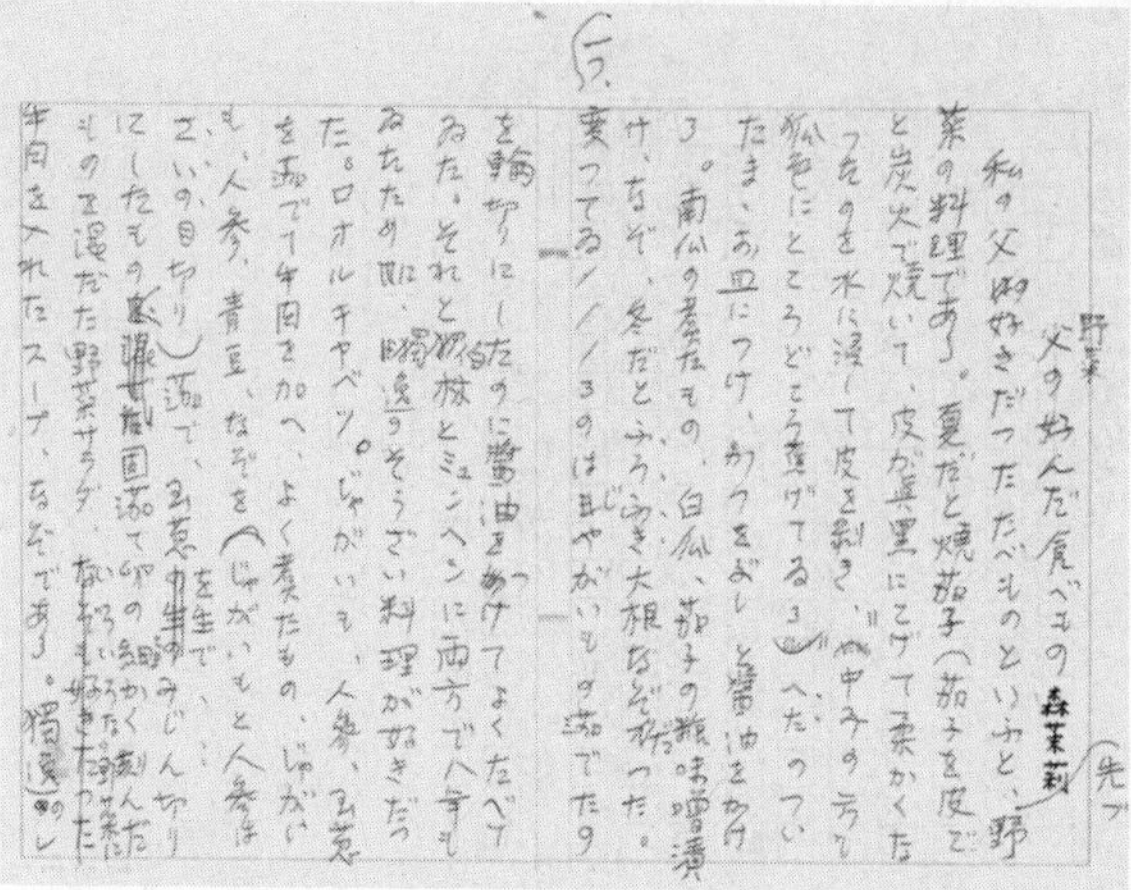
野菜
父の好んだ食べもの　森茉莉
私の父の好きだつたたべものといふと、野菜の料理である。夏だと焼茄子（茄子を皮ごと炭火で焼いて、皮が真黒にこげて柔かくなつたのを水に浸して皮を剝き、中みの方を狐色にところどころ焦げてるへたのついたまゝお皿につけ、かつをぶしと醤油をかける。南瓜の甘煮その、白瓜、茄子の糠味噌漬け、なぞ、冬だとふろふき大根なぞが好きだつた。変つてるのは馬鈴薯の茹でたのを輪切りにしたのに醤油をかけてよくたべてゐた。それと[illegible]林とミュンヘンに両方で八年もゐたための[illegible]そういふ料理が好きだつた。ロオルキャベツ。じゃがいも、人参、玉葱を茹でて牛肉を加へ、よく煮たもの。じゃがいも、人参、青豆、なぞを（じゃがいもと人参はさいの目切り）茹で、玉葱を生で、みじん切りにしたものの[illegible]細かく刻んだ[illegible]ものを混ぜた野菜サラダ、[illegible]好きだった牛肉を入れたスープ、なぞである。独逸のレ

「父の好物　野菜」の原稿（101ページ参照）。

木苺《きいちご》とぐみ

幼い時、祖母峰の部屋の前庭に、ぐみの木と、木苺《きいちご》の木とがあった。ぐみの実は長丸の形をしていて、真紅《まっか》に熟すと一寸《ちょっと》酸《す》っぱいが、美味《おい》しかった。唯一面に細《こま》かい、種のようなブツブツが付《つ》いていて、私はその実を着物の袖口にこすりつけてそのブツブツを取っては脣《くち》に入れた。袖口がよごれるので母が怒る。又、祖母も、そんなにぐみの実を取ってはいけん、と言った。ところが或日、祖母の部屋に、「お祖母《ばあ》ちゃん」と声をかけずに入ると祖母が、ぐみの実を一杯つめた重箱の蓋《ふた》を開けて、たべている。厭《いや》なお祖母《ばあ》さんだと、私は思った。結局ぐみの実をたべると、母と祖母との二人から叱《しか》られた。木苺は薄いオレンジ色の粒々が、わりに大きな、白い尖《とが》った蕊の上に被《かぶ》さっていた。苺のように酸味のない、ただ甘いだけの味で、それ程おいしくはなかったが私は、祖母の目を盗んで、なるたけ葉の蔭にあるのを、もいでたべた。まるで、そうっと載せてあるように、蕊の上に付いているので、直ぐにスルリと脣《くち》に入った。ぐみの実と木苺とは幼い私の、秘密のよろこびであった。

ライム

これは他誌に（新潮）書いたが、レモンと全く同じ形で、味も同じの果実にライムというのがある。唯、色が薄緑なのだ。それをジンで割ると、なんともいえなくおいしい。一口、二口位しか飲めないが、もう一度、飲んで見たい。

長谷川平蔵は朝食に、時には昼食も、白粥と、梅干一個を摂《と》る、と書いてある。私はお腹具合が悪いと、平蔵と同じ食事にする。

巴里のレストランのチップ

　巴里では、沢山の小銭《こぜに》を持っていないと困る。レストランで席に着くと、料理と葡《ぶ》萄《どう》酒の他に、Une bouteille d'évian（エヴィアン一本）を注文する。これは巴里は水道の水が悪い為で、壜《びん》詰めにして売っている、六甲の水のような水である。それから忘れずにチップを遣《や》らなくてはならない。チップが少ないとギャルソンはその小銭を、お手玉のように上へ放《ほう》っては受け取りながら向うへ行くので、吝《けち》をした客は皆に判ってしまうようになっている。又手洗いに行けば婆《ばあ》さんが腰かけていて、これにもチップを遣らなくてはならない。

白木蓮《びやくもくれん》

子供の頃住んでいた千駄木町の家の裏に、白い木蓮《もくれん》の大木があった。春になると真白な木蓮の大きな花が、空を蔽《おお》って、咲いた。その下に立って上を見上げると、空が暗くなるほど、真白い、大きな花で一杯で、ところどころに晴れた水色の空が、硝子《ガラス》のかけらのように、光っていた。その空を蔽う白い花々の群は一寸《ちよつと》、恐ろしいように思われるほど暗く、白かった。小さな私はよく、その下に立って、白く暗い、花に蔽われた空を見上げた。父が独逸《ドイツ》から持って帰った花の種を蒔《ま》いたので、私の家の花畑(父は花畑と言っていた)には、日本にはあまりないような花も混じった、いろいろな花が一杯に、咲いていた。冬になって花が枯れて、無くなってしまうと、その庭には畝《うね》った道がついていたが、春になって花が一勢に咲きそろうと、庭は一杯の花になって、道なぞ見えなかった。白と紅色とのちょうちく草、花魁草《おいらん》、紫陽花《あじさい》、萼《がく》、虫取菊、がんぴ、日向草《ひまわり》、姫日向草《ひめひまわり》、白と、薄紫との二色《ふたいろ》ある葵《あおい》、芙蓉《ふよう》、蛇《じゃ》の目《め》草、秋海《しゅうかい》棠《どう》、露草《つゆくさ》、ジキタリスという紫色の、毒のある花（日本名はきつねのてぶくろ）、撫《なで》子《しこ》、紅蜀葵《こうしょくき》、黄《おう》蜀葵、等の花が押し合うようにして咲いていた。夏のま昼、私がその花々の中に入って行き、花の中に埋まって空を仰ぐと、夏の空が、目が痛いように、白かった。私が十七になって、夫だった人と伯林《ベルリン》に行った時、私は家々の低い垣根越しに見える花々が皆なつかしい、昔庭にあった花なので、なんともいえずなつかしかった。私の父は伯林に五年、ミュンヘンに三年いた。それで彼の話すドイツ語は、口の重い独逸人よりペラペラだった。私は幼いころから洋服も外套も、帽子、靴、マッフ、手袋、すべて伯林から送られてきた。薄茶色のボール箱の中から父が、手品のように取り出してくるのだった。父が上に合わさっている薄い紙をペラペラと開けると、私の小さな胸は期待とうれしさで、ドキドキした。父は二言《ふたこと》目には伯林はいい、と言う。洋服の入ったボール箱を開ける時も、「日本の郵便物が縛ってある紐《ひも》は郵便屋が一寸放り出しても紐が外れるが、解こうとするとなかなか解けない。伯林の郵便物を縛ってある紐はいくら放り出しても解けないが、解《ほど》く時にはこんなに直《す》ぐに解《と》ける」と、伯林の自慢話をした。それで伯林に行った時には感動した。伯林の駅に下りた時も、ミュンヘンの駅に下りた時も、父に会ったような気がした。父がそこの卓子《テエブル》の上で、「ファウスト」の原稿を推敲《すいこう》したという、ホッホブロイの酒場に行った時にはひどく感動して、「我は聴く、ホッホブロイの酒場にて、よく来《こ》しというわが父の声」なぞと、下手な和歌を造ったりした。それに、父の顔はドイツのカイゼル、ウィルヘルム二世の顔にそっくりだったので、どこへ行っても、父にそっくりの男が麦酒《ビール》を飲んでいたり、ココアを飲んでいたりした。ココアと言っても、正確に言えばチョコレエトである。日本の喫茶店で出すココアというのは、粉末になっているココアを溶いたもの、伯林のチョコレエトは、チョコレエト用に造った大きな板チョコを削って、熱湯で溶いたもの、又は牛乳で溶いたもので、味がまるでちがう。昔、下北沢にあった風月堂のメニュウには、chocolate（チョコレエト）というのがあって、大きな板チョコを削って溶いたものだったので私は、下北沢の風月堂を高く買っていた。父が牛乳で溶いたチョコレエトを、白くて厚い、大きな、牛乳用のカップで飲みながら、甲虫《かぶとむし》のような字の並んだ独逸語の本を読んでいるのを、毎日のように見て育ったので、風月堂のメニュウに（chocolate）と書いてあるのを見る度に、いい喫茶店だと、思った。銀座辺の喫茶店に行っても、cocoa はあっても、chocolate はない。昔、本郷三丁目の青木堂で売っていた、紺色の、マッチ箱位の、上に英国だか瑞西《スイス》だかの風景が描いてある箱の中に六個の、銀紙に包んだチョコレエトが入っていた、味も、体裁も品のいいチョコレエトがあった。それは私の常食のチョコレエトだった。父は飲むチョコレエト、私は嚙《かじ》るチョコレエトを、好きな、チョコレエト父娘《おやこ》だった。青木堂にはそのチョコレエトの他にも、大きな四角い、色の白っぽい上等なビスケットもあった。中に乾葡萄《ほしぶどう》が潰《つぶ》れて入っている。青木堂は私の家の方から行くと左側にあったが、右側には瓜生《うりう》というのと、高島屋という二軒の有名な薬屋があった。母は私が丈夫の時には青木堂へ、病気になると瓜生や高島屋へ、女中や別当《べつとう》（馬丁のことを何故《なぜ》だか父はべっとうと言っていた。別当というのは、斎藤の別当景末とかいうように、相当偉い侍の名についているものだと思うのだが）を走らせた。家には黒馬と赤馬とがいて木蓮の木の向うに、二つ並んでいる馬小屋に繫《つな》がれていて、その二つの馬小屋の隣に、別当の部屋があり、別当は台所へバケツを持って来て水を汲み入れ、そのバケツを、だぶだぶいわせながら馬小屋へ運び、馬小屋の傍に積んである藁《わら》の山から藁を取り、素早く束ねて、中途《ちゅうと》を縛り、即製のたわしを造り、バケツの水に、ザブンと浸しては馬の体を洗っていた。馬は別当に甘えて、横顔を別当の肩の辺りにすりつけていた。私は子供の頃、朝目が醒《さ》めるのはその二頭の馬たちが蹄《ひづめ》で板戸を蹴る音と、馬たちの嘶《いなな》く声とであった。又、別当に抱き上げて貰っては人参を遣《や》った。それで馬というものに特別の親しみを持っている。それで、「ミセス」という雑誌の企画で、小塚さんという編集者と、大倉舜二というカメラマンと三人で、競馬場に行き、馬たちが尻尾《しっぽ》を水平になびかせて走るのを見て、なんともいえぬ親しみとなつかしさを覚えた。そうして帰る時、競馬場の人に頼んで厩舎《きゅうしゃ》を見せて貰った。名は知らないがその四歳馬は、昔家にいた赤馬のように、横顔を、世話人の肩の辺りに擦りつけて、甘えていた。家にいた二匹の馬の、黒馬の方は気が荒い馬だと父も別当も言っていて、私は傍へ寄らぬようにしていた。黒馬はだが父と別当にはおとなしくて、父は陸軍省に行くのに毎朝、黒馬と、赤馬とに交《かわ》り交りに乗って行っていた。父が長靴の足を馬の鐙《あぶみ》にかけたかと思うと弾《はず》みをつけてヒラリと馬の背に跨《また》がる。それを見るのが私の毎朝の楽しみだった。父が馬に乗ると、別当は母の手から父の弁当を受け取り、ゆっくりと馬を走らせる父の後から小走りについて行った。そういうわけで私は馬という動物が好きで、テレビに見たい映画がないと必ず、競馬がある時には競馬に廻す。そうしてなつかしい馬たちが、尾を水平に靡《なび》かせて走るのを、飽かず眺めるのである。そ(馬たちよ、私《あたし》はお前たちが好きなんだ、どんなに好きか、わからない位好きなんだよ)と、心の中で言うのである。

失った手紙

私は父から貰った手紙の束を、戦争の時に失くしてしまった。戦争が激しくなった頃、私は下車坂の近くに住んでいて、疎開するかしないかを定められないでいた。ともかく大切なものは整理して、団子坂上の弟の家に預けていた。団子坂上の家は、附近に工場とか、駅とかの大きな建物もないので、必ず焼けないだろうという、信念のようなものを、私は持っていた。それで私はわずかな蔵書——私はほんとうに恥づべき怠け者で、従って読書家ではないのである——や、大切な切抜き、又着物の一部なぞを千駄木の家の離れに、運んだ。神吉町の部屋に置けば、焼けなかったのである。やがて私は疎開をしたが、私は弟の一家に、「附属の人間」として疎開をした形で、あった。弟が疎開したのは、弟の細君の親類であったので、私というものは一種の附属の人なので、あった。それは弟の細君やその親類の人々が、そういう心持を持っていて、渋々私を受け入れたというのではなくて、その当時の東京人の状態、食糧の状態から言って、常識として私のような疎開人は、望外の寛大さによって従いて行くことになった「附属の人」であった訳で、あった。私のような茫《ぼんや》りな人間にも、それは解っていた。それで、焼きたくないものを全部持って行くというわけには行かなかった。だが神吉町の部屋は、疎開後一年あまりも私名儀にしてあったのだから、そこに荷物を置いて、終戦まで借りて置けばよかったのである。その部屋に置いてあったら、父の手紙を一つも持っていないという、今日の哀しみは無かったので、あった。千駄木の家は必ず残るという妙な信念の為に私はいろいろな大切なものを、失ってしまった。

戦後父の三十三回忌があった。その日私は兄と並んで親族席についていたが、ふと見ると兄の足元に萌え出たという形容そっくりの、薄緑の美男桂の芽——芽といっても既《も》う蔓を延ばし、柔かな葉をつけていた——が出ていた。私はその時、私の幸福だった幼時にも、離婚当時の暗い日々の中でも、裏門から玄関までの四つ目垣を、もくもくと蔽っていた美男桂の、みずみずとした青い、ゆたかな塊を、幻のように想い浮べた。そうしてそれと一緒に、焼いてしまったいろいろなもの、父の手紙などをも、想い浮べたので、あった。私は自分が落ちついてものを遣る人間であったら、父の手紙だけは手に持ってでも疎開させたに違いないと、そう思った。私の疎開は先に言ったように、「附属の人間」としての疎開ではあったし、又私は、東京というものに深い執着を抱いていたので、私は疎開の決心をなかなか定められずに、いた。私はねばれるだけアパルトマンの気楽な生活に、しがみついていようとした。そんなわけで私は十九年の十一月末の、神田から日本橋一帯が焼けた晩に、ようよう決心をして、その翌々日に福島へ発った。厚い外套を上から着ただけで、殆ど着のみ着のままであったので、荷物は大雑束に処理してあるということだけで、安心するよりなかった。十九日の夜、私は下車坂から上野の山を越えて、千駄木の家に行った。そうして闇の中で、日本橋の空が紅く燃え、その中に松坂屋の建物が亡霊のように立っているのを、見た。その時私は、どれだけつづくかしれない哀しみの旅に出る、最初の一歩を踏み出したのだと、想っていたので、あった。私は立止まり、深い感慨に、撃たれた。それは私の「東京」への愛惜で、あった。そうして、行く先きに不安と、私の何よりもきらいな不自由とが待っている、最後の旅になるかも知れない哀しみの旅への、胸の詰まるような気持でも、あったのだ。私はその儘福島へ、発った。

私は今、父の手紙を想い出している。私が父から貰った最初の手紙は、厳島からの絵葉書であった。「茉莉や不律はどうしています」とだけ書いてあるものである。

――不律というのは二歳で死んだ弟である――私はまだ読めなかったので、文句は母あてであるが、宛名は私の名で、あった。私はその葉書に書かれた、父の象牙の針で彫ったようなペンの字と、緑がかった色の厳島の風景の写真とを、今も頭の中に想い浮べることが出来る。又他に記憶に残っているのは、大正六七年頃の奈良の宿舎からのもので、ある。父は官舎や宿屋ではなくて知人の家の離れなぞにいた。そうして上等の鰹節、焼海苔、日本橋の梅干などを東京から送らせ、そこの家の人と同じ食事を運んで貰っていて、それに幾らかの自分の好みをつけ加えていたので、あった。父は生卵をかけた御飯が大好きで、あった。それで父は、自分で好きでない副食物の時は勿論、好きなものの時でも、卵を町で買ってきて、かけてたべていた。父は程度を越した衛生家で、子供達に生なものはいっさい、たべさせなかった。果物も煮て与えたし水は飲ませず、湯ざましを作らせていた。夏は麦湯を冷やしたものを、飲ませた。その頃の医学は今とは大分違っていたらしく、ヴィタミンという言葉を見ることもなく、そんな言葉を言う人も、なかったが、大抵の人は自然に茶や、果物などから、それを摂っていた。父はすべて、火を通してたべる主義だったので、生卵は例外であった。私は母の実家で水蜜桃を出された時、この世にこんな美味しいものがあったのかと、ひどく驚いた記憶がある。私達は咽喉が乾くと、ぬるい茶か湯ざましを貰って、不味そうに飲んでいた。父は本当は蒸溜水を集めて飲ませたい位であったようだ。甘みも、単舎利別を使って、白い砂糖でも出来れば止めさせたい程のように、見えた。父が酷い腎臓病に冒ったのは、ヴィタミン不足の為ではないかと、私はそんなことを考えることがある。父の言っていたように、日露戦争で幾夜も地面へじかに寝たのがもとで、体を冷やしたことも原因だったろうが、それだけではないような気がする。私は、私達きょうだいはみな、ヴィタミンが大分不足しているのではないかと、思うことがある。そんなような食餌であったことは、生活のほかのことにも繋がっていて、私達は万事きれいに、淡彩な環境で育った。けれども考えてみるのに、それらの父の貴族趣味のようなものは、やっぱり私達の中で、なにものかになって成長してるような気がする。いいことも、悪いことも、賢いことも馬鹿げたことも、それぞれ、それが、人間の中に入って行く時には、その一面だけでは考えられないものなのではないかと、私は思っている。私の中に沢山の詩は育たなかった。だが私の中に、詩がいくらかでもあるとすれば、今言った清潔な感じの生活の中からも来ているのだと思う。きれいな、淡彩な場所に、じかな、野生な場所に、詩はいろいろなところに、ある。

奈良の父から私に来た葉書の中でよく覚えているのは、鹿の鳴き声を羅馬字で、三通りに表して見たもの。鹿が二匹で喧嘩をしている所を写生したもの。なぞで、ある。

鹿は朱墨の線書きで、背中の斑《ふ》もぼつぼつと丁寧に、入れてあった。面白い画で、あった。手紙の方は、奈良の仮住居での生活を書いたもので、父の文学と同じ感じの簡潔な文章で、書かれていた。それが私にはひどく詰らなく思われた。雨が降っている日に、傘をさし、足駄を履いて、町を歩いたというようなことが、書いてあった。傘をさして下駄を履く、というような、説明をしなくても想像で解ることを克明に書いてあるのも、父の文学と同じで、あった。そうしてそのことも、その頃はひどく詰らないと思ったが、今では父のそういう書き方は、一種の、それが父の文章の格調を打ち出している、大切な要素なのだと、思うようになった。もう一つ私には思い出の深い手紙がある。山田（私の夫だった人）が欧露巴に発った後のことで、あった。私は寂しくてならないので、父に手紙を書いた。諦めなくてはならないとか、悟らなくてはならないとか、そんなことを私は書いた。父は丁度奈良にいて、長い巻紙の返事が来た。それには、諦めるというのと、悟るというのとは違うということが書いてあり、それに難しい説明が、ついていた。そうして、禅の言葉の中にあるらしい（柿の味の時には柿の味を楽しむのがいいのだが、梨の味の時には梨の味を楽しまなくてはいけない）というようなことも、書いてあった。私にもそれはよく解ったが、今はその文句をはっきり記憶していない。それは私の忘却性の為で、なんでも私は忘れてしまう。

そうなにもかも大切なことを忘れてしまって、それでは一体どんなことを覚えているのかと、人が訊いたら、私は困ってしまう。とりとめのない、どうでもいいことを、私は覚えているだけである。

私はその父の長い手紙の中の、少し墨の薄い禅という字や、そこで墨をついだ、濃い墨色の柿という字、なぞの記憶を、胸の中に大切に、蔵っている。そうして、中側の紙の緑が透ってうす緑をした日本封筒の上書きの、芝区三田台町二十七、山田茉莉様という字、裏に書かれた奈良、森林太郎の字。それらも記憶の中に蔵っている。その巻紙の最後のところに、父が博物館の裏庭で摘んだ、白い菫を押し花にしたものが、入っていた。私はそれを見て、寂しさの中で胸を切なくしたので、あった。それはうれしいとも、哀しいとも解らぬ、心持で、あった。父は私が婚約をした頃から、少しずつ私から遠ざかるようなようすを見せはじめていた。稚いところがあって、大きくなっても父を慕う私を見ていて、父は私を婚約者に早く懐かせようとして、そうしていたのであった。私はそれを知らずにいて、父のようすを寂しく思い、いくらかは父をうらんでもいたので、あった。そんな私にとって、その手紙は意外な贈りものであった。思いがけない父の柔《やさ》しさで、あった。

私はその手紙もだが、その白菫の、薄い褐色《かちいろ》になった横むきの花と、尖った丸い、小さな二葉の葉の、銷《しな》びた、乾いた薄緑の色とが想い出されるたびに、自分の疎開の時の不注意が、恨まれてならない。

父の好物　野菜

私の父の好きだったたべものというと、先ず野菜の料理である。夏だと焼茄子（茄子を皮ごと炭火で焼いて、皮が真黒にこげて柔かくなったのを水に浸して皮を剝き＝中みの方も狐色にところどころ焦げている＝へたのついたままお皿につけ、かつおぶしと醬油をかける）。南瓜の煮たもの、白瓜、茄子の糖味噌漬け、なぞ、冬だとふろふき大根なぞだった。一つ、変っているのはじゃがいもの茹でたのを輪切りにしたのに醬油をつけてよくたべていた。それと伯林とミュンヘンに両方で八年もいたために、独逸のそうざい料理が好きだった。ロオルキャベツ。じゃがいも、人参、玉葱を茹でて牛肉を加へ、よく煮たもの、じゃがいも、人参、青豆、なぞを（じゃがいもと人参はさいの目切り）茹で、玉葱を生でみじん切りにしたもの、固茹で卵の細かく刻んだものを混ぜた野菜サラダ、いろいろな野菜に牛肉を入れたスープ、なぞである。独逸のレクラム版の、小さな薄水色の本があってそれに独逸の家庭料理が出ていた。父はそれを訳して、父の母親にも、独逸の料理を造ってもらっていた。私もじゃがいもは好きだが、茹でて醬油をつけたのはちっとも美味《おい》しくない。又、挽肉に人参と玉葱のみじん切りをまぜていためたのを、茹でて裏漉ししたじゃがいもで包《くる》んで俵型にととのえ、揚げたじゃがいもコロッケも好んだ。それから母親が小さい時からこしらえてたべさせたので栗をうでて皮を剝き、醬油、酒少し、砂糖少しで煮たもの、そばがきなぞも好きだった。父は正確な日本語に固執していて、私なぞが何か言うといちいち、「お茉莉、それはうそ字だ」と言って直すのがすごくうるさかった。それで茄子はなすびだった。お母《かあ》ちゃん（母のこと）、なすびのつけものを呉れ」と言うと私はへんな言葉だと思っていた。母がつけものに鰹節をかけ、醬油をかけるのをみて、母が嫁いで来た当座は、「贅沢なことをするなあ」と言っていたそうだが、たべてみると美味しいので好きになったらしい。父の母親は津和野に永くいた田舎ものだったので、漬物はなにもかけなかったらしい。母の実家の父も佐賀の武士の出なので、祖母が漬物に鰹節と醬油をかけるのを始めは怒って「漬物には塩で味がついている。そこへ醬油をかけ、その上に鰹節までかけるとは贅沢きわまる」と怒ったがだんだんそれが好きになったそうだ。男の人は自分で料理をしないので（昔はことに）母親の味に馴れ、次には細君《さいくん》の味に馴れてくるものらしい。父の好きなものですごく変なものがある。葬式まんじゅうを貰うとそれを一口位に切り、ごはんの上に載せ、上から煎茶をかけて、お茶漬にしてたべるのである。これは、小さい時は真似てよくやったが、今ではたべられない。これを話すと誰も驚いて、笑い出すが、これは父の変ったたべものである。どういうわけか、このへんなお茶漬は葬式まんじゅうがある時にかぎられていた。

父のこと 2

父が大好きだった料理の一つに、カイゼル二世が戦場で、自分で造らえて兵たちにたべさせた、という魚と野菜のサラダがある。フランスではそれはサラドゥ・リュッス（ロシアサラダ）と言っていたが、私も大好きなサラダである。平目なぞの白身の魚を、酢と水半々で茹《う》で馬鈴薯、人参、青豆の茹でたものと、玉葱のみじん切り（これは生のまま）とをまぜ合せ、酢とオリーヴ油（オリーヴ油は酢の半量位）とを混ぜた酢油ソースで和える。父は十八の時ドイツに、ベルリンとミュンヘンとライプチッヒとで都合八年居て、半分ドイツ人になって帰って来た。日本の人が「日本では、日本では」、と言って自慢するところを、父は、ドイツではこうだと、ことごとに言って、威張った。ドイツから、誂《あつら》えた私の洋服の包みが来ると解きながら、「日本の郵便の縛った荷物は、郵便を運ぶ奴が下へ放るとすぐにほどけてしまうが、解こうとすると強《きつ》くてなか〳〵解けない。ドイツの郵便物は何処へ放り出しても解けなくて、解こうとすればこんなにすぐに解ける」と言い〳〵、自慢しながら解いた。紙巻は一切吸わずいつもハヴァナの葉巻を、持った手を据えるようにして、静かにふかしていた。葉巻は、積った灰が落ちると味が落ちるので、何か用事をする時には、本の上なぞにソーッと置いた。ハヴァナの葉巻には一本一本に赤や黄金《きん》で模様のあるきれいな、紙の輪が付いていた。私は父が一本新しく吸う度にその輪を貰って、指輪にした。友達は、紙の指輪なんてと莫迦にしながら、大変きれいなので内心羨しいらしいので、得意だった。父は十九世紀末の、ドイツの衛生学にこり固まっていて、それが母にうつって、母と湯河原の湯河原会館に宿《とま》っていた時、もし一人がトラホームにでもなると、洗面が一つではすぐに移ると言って、洗面器も手拭いも母と子供三人が各自、自分のを持って湯殿に行ったが、私達が各々自分の洗面器と手拭いとを持ってぞろ〳〵廊下を通ると、宿の主人が不思議そうに見ていた。又、父はカイゼル二世そっくりの顔で、四谷怪談の宅悦（あんま）と同じのねずみ色の単衣に、茶の角帯を締めているので街の男（車掌や、商店の小僧、中僧なぞ）が、変なじいさんだと思って笑いをこらえているると、彼らがひそかに腹の中で嘲笑っているのを感じ取ると、腹の底から立腹した。それがわかると小僧達は皆、父の一番いやがる、嘲笑を顔一杯に浮べた。いつか、チエルカーソフのドン・キホーテが群集に嘲笑されて、腹の底から憤怒するところを見て私は一人で、ものすごく怒った。レストランのボーイや、帽子屋の店員なぞに、父はいつも怒っていた。レストランの場合は注文を取りに来るボーイが、父が「子供がくうのだから叩き肉の料理を呉れ」というと、英語で料理の名を言うのでカッと怒り、正確な英語で注文のし直しをした。レストランに限って、日本人に日本語が通じないというのは困ったものである。帽子屋の場合は、父が並外れて頭が大きいのでどれを被っても入らない。小僧や中僧たちは笑いをこらえているが、父が自分達がおかしさを我慢しているのを、心の底から腹を立てているのがわかると、顔一杯に父の嫌いな嘲笑を浮べるのだ。父が「もっと上等の分《ぶん》を呉れ」というと、その変った言葉が又仲々通じない。結局上等のパナマを買うことになったがその帰りに暗い横丁にくると「毛唐々々」と、低いが腹の底から怒った声で言った。母は友禅にしろ縞にしろ、江戸趣味がわかっている点で抜群だったが、父の西洋風の見方で選ぶ柄には、自分は及ばないと知っていて、私の他所ゆきの柄は父に選んで貰った。私が十一の時、濃い紅、白、オリーヴ色、なぞの細かい四角が集まって三角形になって、その三角が（白と紅）、（黒と紅）、（オリーヴと紅）、というような、いろいろ組み合って五、六種類の色の組み合せのちがっている、面白い模様の振袖を選んでくれた。私がそれを着て、髪に細い白いリボンを両方にかけて、佐佐木信綱氏の園遊会に行ったところ、その次の月の雑誌に、某日の佐佐木信綱氏の園遊会の令嬢達の中でも大橋新太郎氏の四女の薄紫に、桜の花片の縫いのある振袖と、森林太郎氏の長女の三角模様の振袖とが、人目を引いた、と出ていたので、母は「やっぱりパッパに選んでいただいてよかった」と言って、大変に喜んだ。父は銀座の資生堂のアイスクリーム以外、そこらの横丁の店ではアイスクリームはたべさせてくれなかった。散歩の道々私は父の掌に、自分の小さな掌をからませるようにして「アイスクリーム〳〵〳〵」と言いつづけた。父は「家に帰ればお母《かあ》ちゃん（父は子供が出来てからは母のことを、おかあちゃんと呼んでいた）が家でシトロンを冷やして待っている」と、言うばかりだった。シトロンはその頃あった清涼飲料で、サイダーより少し高かった。シトロンはフランス語のレモンのことで、壜のラベルに黄色いレモンが描いてあった。全くの道路オンチの私とは反対に父は道に委しくて、私を伴れて散歩をする時にも、同じ処に行くのに三通りも四通りものちがった道から行った。父のすることで困ったのは果物を煮て、冷やして、たべさせることだった。或日母の実家で水蜜桃が出た。母は祖母と話し込んでいるのでそっとたべたが、水蜜桃とはこんなにおいしいものだったのかと、しんから愕いた。今はあまり見ないが天津桃だけは、生ではあまり甘くなく、茹でて冷やして砂糖をかけると、茹で汁が濃い紅色になって綺麗で、おいしかった。又父は大便が固くなる体質だったのですじの多いさつま芋を毎日役所（博物館）で昼時になると館員の人に、焼芋を買いに行って貰った。博物館の人は今度の館長は吝だと、思ったにちがいない。父は又、日本料理の店の座敷なぞに上がると、軍刀《サーベル》を床の間下なぞに、柱に立てかけたりしないで横たえておいた。そうして、「こうしておけば、倒れる心配がない」と言い、にこにこしながら胡座をかいて座った。その時々によって人間には柿の味の留守に私が寂しいと訴えた手紙を出したところ、夫だった人が巴里に行った時期と、梨の味の時期がある。梨の実の時期に、柿でなくてはいけない、なぞと言うのは間違いだ、と書いた手紙を呉れた。その巻紙には、奈良の博物館の裏で摘んだらしい、白い菫が入れてあった。思い出す度になつかしい、手紙である。父の父は津和野の藩主、亀井家の家令だった。家老なら偉いが家令というのは、殿様の身辺のご用をする役で、それと、朝と夕方とに殿様のお脈を取るのがお役目だった。お脈に乱れがあると、そこで始めて医者を迎えるのである。それで月々下される金では妻子を養いかねるので、津和野の町に、小さな医院を開いて、零細な報酬を得ていた。母の父は佐賀の貧乏侍の子で、漬物は醬油をつけずにたべていた。母が醬油と花鰹とをかけてすすめると「漬物には塩で味がついておる。醬油をかけるのさえ贅沢なのにその上鰹節までかけるとは」と言って怒った。だが二人ともその内東京流の味に馴れて、それを喜んだそうである。父と散歩をしていて困ったのは、父は疲れると下駄を脱いで横にして並べ、前の方の下駄に足をのせ、後の下駄に腰を落し、ステッキを地面に立てて、それに摑まって休むことだった。まるでいざりのようなので私はいやになって、少し離れて立っていた。父はふしぎそうに私を見て、「お茉莉、こっちへ来い」と、言った。最後に一つの哀しい話を書こう。父は最後の病床になることが解っているので、なかなか、床に就こうとしなかった。「俺はまだ座って飯をくうことが出来る」そう言って座敷に座って食事をしたが、手がふるえるので、象牙の箸が茶碗のへりに当ってはカチ、カチっと音をたてた。どこやらに白い、死の影がただよっているような、青葉の木々の辺りに目を遣《や》って、母は哀しい思いに、うちひしがれたのだった。

大変なお嬢様育ち

市川雷蔵の眠狂四郎の役は何度か再上映される。たしかにいい演技だが他にも再上映されるといいがと、思われる役者もあるのに、と、思わぬでもない。又、前回の小川屋のことになるが、よく、仲のいい夫婦が、何かの事情で別れると、飽きも飽かれもせぬ仲を、と言われるが、私は彼がもう止《や》めるときいて、少しも飽きないのに、と思ったが、彼が出ていたのは十七年間だと判《わか》った。私は、テレビを置くと仕事に差つかえるといけないと思って、テレビを入れたのは昭和五十一年の暮だった。それで、面白いのに、既《も》う止めるのかと、思ったが、成程まだ私は五年しか見ていなかったのだ。好きな番組みは五年では不足である。銭形平次、水戸黄門が、永遠のように続いているのは有難い。銭形平次をもう打ち止めにしよう、という話が出たらしい。だが大川橋蔵は止《や》める気はないと、言っているそうだ。当り前の話である。一昨日《おととい》だったか、小川屋が出なかったので、もう止めちゃったのか、花束の贈呈もなかった、と、思ったが、昨日《きのう》も今日も顔を見せた。今日は先輩のキャスター達からお土砂をかけられた格好で、照れていた。この間の家を出てから局に着くまでの小川屋を追った番組に、前にも書いたが、朝飯の場面は見たかった。贔屓《ひいき》のキャスターなので、何を、どんな顔で食ってやがるかと、興味があった。多分豆腐と茸《きのこ》の味噌《みそ》汁とおひたし、焼いた干物、ああいう人物は方々から色々贈ってくるから、鳴門の若布《わかめ》の生干しなんかの刻んだのなぞが出ていて、それを飯にのっけて食っているのではないだろうか。私の父も各地からよく何か送って来て、今言った若布の生干しや、少しも辛くない、甘味の勝った薄荷糖なぞ、又、房のままの白い、大粒の干葡萄《ぶどう》、なぞを覚えている。幼い私を失望させたのは吉備《きび》団子だった。桃太郎の話で、大変美味《おい》しいものに想像していたが、それは団子ではなくて平たく四角いもので、大して美味《うま》くなかった。曲尺《かねじゃく》で二寸五分位ある、片栗粉を振った、柔い朝鮮飴を妹と、西洋間の窓に並んで腰かけ、両方から引張って千切ってたべたのを思い出す。細根大根、茄子《なす》、胡瓜《きゅうり》なぞの、平たい、丸い木箱入りの味噌漬も好きだった。私は大変なお嬢様育ちで、学校から帰ると台所の方へ行って女中に、(顔洗うお湯)とのたまう。そうして流しつきの三畳でお湯で顔をお洗いになり、お八つを召し上がる、という順序だった。父親が、女の遣《や》る家事なんぞは卒業してから一月《ひと》も遣れば、すぐに出来るようになる。それよりピアノだ、フランス語だ、と言うので、母も仕方なく、家事は遣らせなかったが、私は家事というのが何年遣ってもだめで、今だに駄目である。料理は上手《うま》いが、料理だけでは家事が出来るとはいえない。その得意な料理も、嫁に行って、まるで遣らなかった。嫁ぎ先の山田家の台所は広く大きくて、ニスでピカピカの床《ゆか》は、竈《かまど》の火を一寸落《ちょっと》しても大変の感じで、私は十七だというのに五六人いる女中が皆、二十七八である。それぞれ煮方《にかた》、焼き方、洗い方に分れて腕を振《ふる》っている。それらの女中たちを統率している、舅《しゅうと》の妾《しょう》のお芳さんが、東京の料理屋風の洒落《しゃれ》た料理の他に、舅の郷里の広島の料理も、全部マスターしているという女《ひと》である。襷《たすき》もかけず、前掛けもせず、両方の袂《たもと》の先《さき》を一寸帯止めに挟んだだけで、お加減を見たり、一寸、箸《はし》の先に挟んだ独鈷《とっこ》なぞの茹《ゆ》だり加減を見たりしている。ぬたなぞが出来上がると一寸板の間に小膝《ひざ》をついて、大きなお盆に並べられた小さな器にちょい、ちょい、と付けて行く。その付け方も一種の粋《いき》な付け方で、私はその粋な付け方は覚えた。牡蠣《かき》酢なぞもお芳さんは生姜《しょうが》を小さな角切りにして、上から散らしたが、擂《す》り下ろしてのっけるよりずっと味が粋になった。柚《ゆず》大根、海鼠《なまこ》とおろしの酢の物も、覚えた。山田家に行ってうれしかったのは元日の朝の習慣で、(多分、広島式なのだろう)お屠蘇《とそ》が済むと、干柿を輪切りにし、出ている種を抜いたのを四所凹《よところくぼ》ませて五瓣《べん》の花の形にしたのが菓子器に盛ったのが出て各々銘々皿に取ってたべる。お雑煮も、実家では母の実家のはお餅《もち》と菠薐《ほうれん》草だけだったが、山田家のは鴨《かも》雑煮だった。鴨、大根、人参、里芋、牛蒡《ごぼう》、なぞいろいろ入っている上に、下ろし際《ぎわ》にいくらを散らし、半ば色が変ると火を止める。お雑煮というものがそれまでは、それほど好きではなかったが、山田家のは一寸したご馳走である。妹が、大正十二三年頃、猿之助の母堂のおことさんに踊を習いに行っていたが、喜《き》熨《の》斗《し》家のは、役者の家らしく、縁起をかついでいて、（名を挙げる）というので菜と揚げを入れ、（とり入れる）で、鶏を入れる、という風で、妹がお正月に伺ってご馳走になり、帰って話していた。おことさんは吉原の角海老《かどえび》の一人娘だった。猿翁の父市川段四郎に嫁いだ。段四郎というのは真面目《まじめ》というか、質実というか、役者には見えぬ人物だったので、どうして娘とはいえ、角海老から奥さんが来たのかと、私は当時思ったが、実家が角海老でも、見合結婚だったのかも知れない。おことさんはひどく頭のいい女《ひと》で、妹が、長原孝太郎について洋画を習っていて、よく描き上げたのを持って行って見せると熱心にとみこうみし、（お嬢さん、油絵も踊も根本《もと》は同じですよ）と、言った。おことさんの着物の着付《つけ》が又、何ともいえなかった。襟元なぞはゆったりと、ゆるめで、帯なぞも、やって、つけに（無雑作に）締めているのだが胸元、腰がキリリと引き締まっていた。「ゑり円」で母と半襟を選んでいる所へ入ってくると、（お嬢さん、これがいいでしょう）なぞと選び出して、私の襟元に当てたりした。「ゑり円」の番頭が、猿之助のお母さんと、全く野暮な私の家と、こんなに親しいのか、と、不思議そうに見ていた。母は芸事に熱心で、長唄を習う以上は、下方《したかた》（大鼓《おおかわ》、小鼓《つづみ》、なぞ）も遣らなくては駄目だと言って、鼓は猿之助の妹の喜三子《きみこ》さんの夫君の梅屋金太郎について習わせた。下方は掛け声が素敵で、私は妹が家で浚《さら》うのをよく聴いていた。梅屋金太郎は本名を神辺《かんべ》金太郎と言った。金太郎の幼い男の子は泰雄と言い、母なぞが、あなたのお名前は？　と訊《き》くと（キャンベヤシオ）と答えるのが可愛いかった。猿之助の踊の後《うしろ》に並《なら》んでいる下方の人々の中に、梅屋金太郎の光る程磨いた顔が見えると私は、あんな粋な人物と知り合いなのだなあ、と、不思議な気がした。おきみさんと二人で家にも一度来たが、家で見るとそんなに特殊な、ピカピカした顔の人種には見えなかった。とにかくおことさんは、私の記憶に深く残っている、素晴しい人物である。市川雷蔵、森雅之について書く積りだったが、頁《ページ》数が尽きたので、次回に廻すことにしよう。

ぶっかき

私はたべるもののことでは全く損をしたと思っている。私が育つころは明治の末から大正にかけてだった。そのころは雑誌を開けてみても、ヴィタミンという字も、カルシウムという字もみつからなかった。ましてヴィタミンAもBもCも、DもEもありはしない。母親の部屋にある婦人画報を開けてみると、家庭料理のところにはぽつぽつ欧風料理もあって、赤茄子（トマトのこと）を皮を剝ぎ、種をとり去り、櫛形に庖丁しまして、上記のサラダに飾ります、なぞと書いてあったが、赤茄子にはヴィタミンCがあるから生でたべれば美容と健康上によろしうございますとは書いてなかった。それでも果物は生でたべるものにきまっていたが、私の家では父親が、日本陸軍のか、独逸陸軍のか、委しいことはよくわからないが大変な衛生学で固まっていた。夏は湯ざましか麦湯の冷やしたのを飲ませられ、果物は全部煮て、砂糖をかけたものをたべていた。

麦湯は、前日の麦湯が薬缶の底に一滴でも残っていると、次の日が忽ち腐敗するというので母が女中たちに、ものすごく喧しく注意していた。父親は人に感じ悪く思われることは全部母に言わせていて、女中が傍へいって何か言うと、「フン、フン」とやさしい微笑をするから、女中たちは母親が喧しいのだと思っていた。

雑誌の編輯者も、父親はいやがらないのだが奥さんが出しゃばって来て断るのだと思っていた。母親が又、お人よしなのにもののいい方は切り口上だし、女らしさや愛嬌もなく、十五世羽左衛門の松島千吉のような顔をしてキッパリ断るので、断られた人はにくらしくて一生覚えている位だったらしい。

母親のことに話が外れてしまったが、そういう衛生学的家庭に育った私は或日母の実家で、生《なま》の水蜜桃をたべて、この世にこんなに美味しいものがあったのかと、愕いた。

母親は実家に行くと、祖母や叔母と何が面白いのか長々と話しこんでいるので、どうかすると私が従姉妹たちと遊んでいる別の部屋へ女中が、禁制のたべものを持ってくることがある。それで私も妹もそれを奇貨として秘密を楽しんだ。駄菓子屋に売っている鉄砲玉や三角の薄荷菓子、紅い鯛の形の砂糖菓子で噛むと真紅な砂糖水が出てくるという、父親が知ったら気絶するようなものもたべた。だが子供というものは一年の内三百五十日位家の中にいるものだから、いつも衛生的食品をたべているよりなかった。その衛生学の父親も或夏の夜、暑くて我慢出来なかったらしく、奥の部屋に行ってみると、丼に入れたぶっかき氷を口に入れては何か書いていた。母は留守だった。私にもくれたので喜んでなめていると、物音をききつけて妹が起きて来た。妹も秘密の氷のお相伴の幸運に浴した。サイダアも、シトロンもよく冷やして飲んでいて、私の父親が氷を直接口に入れたのを見たのはその夜一度だけである。彼は少し熱でもあったのではなかったのだろうか？

清蔵とお浜

母の実家の取りつけであった鮨《すし》屋が赤坂にあって主人を清蔵《きよぞう》と言った。入口を入ると右側の高いところに清蔵はいて、見下ろす格好で一寸頭を下げたが、それはそういう質《たち》なので、客を見くだしているのではなかった。時々母と二人でその店に行くと、女房のお浜（夫婦とも既《も》う六十に近かった）が二階に案内する。西日を簾《すだれ》で遮った四畳半で少間《しばらく》待っているとお浜が梯子《はしご》段をみしみし言わせて上がってくる。新鮮な材料で握った、目の曝《さ》めるような鮨に、美味《おい》しい吸物が付いて、お椀《わん》の蓋《ふた》を取ると、季節の椀種に菠薐《ほうれん》草、柚子《ゆず》なぞが澄んだ清汁《すまし》の中に沈んでいた。お浜は私が千駄木の家に行くとよく来合せたが、煙草入れから器用に、煙管《きせる》に刻みを詰めながら、「まあお茶をお上んなさい」と、自分の家のように言った。そう言いながらチラと、私を見る目の中に、（これで奥さまかねえ、ねんねだねえ）という色が見えるのが一寸、悲観だった。別に悪い気もなくチラと見るのだがその目が、若い時、やくざと主人の間で刃物三昧《ざんまい》になるような時、止めに入ったというだけあって、ジロリという感じで、可怕《こわ》いところがあった。私は歌舞伎の世話物に出てくるようなお浜の様子が好きだった。刃物の下をくぐった女というのはちがうと、私は思って見ていた。清蔵にもそういうところがあったが昔の商人はよかった。明治二十年台に、母の実家の父の処へ、掘出しもののダイアモンドを見せに来た古物商、西洋菓子の見本を見せに来た森永の初代の主人なぞは木綿の縞《しま》の着物に羽織で角帯を締め、態度も立派だったと、母が言った。森永は、ミルクの中に何か入っていたことなぞがあったが、初代の主人に対して恥ずべきである。現在《いま》の商人、店員なぞは、立派な人もいるのだろうが、大体において、商人というものを恥ずかしいものだと思っているようだ。劣等感を裏返しにした空威張りは下らない。大学の教師なぞが偉くて、商人は偉くないなぞという理屈は何処《ど》処《こ》にもない。ほどのいい腰の低さと愛想とは、商人の矜持《きょうじ》である。私が見たいい商人は「御木本」の店員である。戦争直後、私は母の父が母に購《か》い与えた大きなダイアモンドを売ることにし、銀座の店を二三軒歩いた。「御木本」の四十近い店員は、ダイアモンドを手にとると低い声で、「大したものでございますねえ」と感歎したように言いその後《あと》、「店では唯今揃《そろ》っておりますので」と丁寧に断りを言った。「ダイアモンド商会」の、主人らしい老人は一寸ひどかった。困って売りに来た客だな、という様子があらわだった。私は下品な、皮の厚い老人の掌《てのひら》の上に転がされているダイアモンドを見た時、荒木のお祖父《じい》さん（母の父）の手に触れたこともあるダイアモンドに別れなくてはならない、という何ともいえない気分でいる時だったので、その老主人の態度は応《こた》えた。私は二十万円でその宝石《いし》をダイアモンド商会に売り、急いで店を出たが、悲しかったのと、生来慌て者だったのとで店を出る時、入口の上に飾ってあった巨大な、元《もと》の形の儘《まま》の鼈甲《べっこう》（玳瑁《たいまい》）に頭を打《ぶ》つけた。私という人間は少し緊張したり、何かを考え詰めていたりすると必ず滑稽《こっけい》なことをやるのである。

巴里の料理

巴里に於ける私の生活は、ソルボンヌの傍の、「巴里祭」のジャンのアパルトマンよりも汚ない下宿がねぐらだったのでろくでもない食事だったが、下宿の建物も部屋も、家の周辺も、フランスの下町映画のロケに出場している感じだった。朝はいやに真黒の珈琲とコッペ。ごみ溜めの周《まわ》りを掃く帚木のようなボーボー頭のイルマがそれをひびの入った瀬戸引のお盆にのせ、「マダァム、ヤマダ、レヴェイエ？」と大声をかけて入って来た。マダァム、ヤマダのレヴェイエは大てい十一時。夫はいつのまにかソルボンヌに出かけていた。吝なフランス人だから昼食は夕べの残りのお化け平目(えんがわが痩せたわかさぎ位あるのである)が馬鈴薯とサラダになって出てくる。水曜日の謝肉日はこれ幸いとばかり野菜と安い魚である。

だが私の為の料理の教師を夫が頼むと、「月謝なんか出すのは勿体ないからうちの台所に来なさい」と言ってくれたのはいまだに感謝している。もっとも茸(シャンピニオン)・ア・ラ・ボルドレエズという名の、松茸のお化けのような大きな茸をたっぷりのバタで、まるで煮るようにしていためてパセリをふりかけた料理と、ムウル(烏貝のような貝)をざっと茹でて酢油のソオスをかけたものと、犢《こうし》のコトゥレット(カツレツといっても何もつけずにビフテキのように焼くのである)、牛肉と野菜の肉汁(ヴェルミツセル入り)を覚えた位でやめてしまったが、傑作はこの肉汁で、一寸した秘訣があるのだが、それはここに書いてしまうのは惜しい。

料理の名人の、弟のおくさんに造って、持って行ったら、何が入っているのかと訊いたのである。アラビアン・ナイト的な魔法である。誰に言ってみても、今までに知っていた人は一人もいない。室生先生が死ぬ少し前に造らえて持って行ったが、あんまり美味しくしようとして味が複雑になりすぎた。先生はそれについて何も言わず、いつもの狡い河童のような知らん顔をしていた。マキシムやナントカホテルのコック長が知っているかどうか試してみたいのだ。何でもない二つの野菜でやるのだが奇想天外な方法である。

又私がよく行ったサン・ジェルマンのレストランのウフ、ジュレ(凍らせ卵)は、美味しいコンソメの中に半熟卵を入れてジェラチンで固めた料理で、そのおいしさといったらなかった。パリのサン・ジェルマン以外では、どこの国でも、どこの町でもお目にかからなかった料理である。

人々を羨ましがらせるということはまことにいい気分のものである。私は今その気分を満喫しているところである。グゥジョン（川魚）のバタ煮も素敵。殼に入った生の雲丹や、鰯のような魚のバタ焼きに塩漬雲丹をつまに添えたのも大したものだった。又プルュニエ（魚料理店）で生牡蠣をダースで誂え、「アンコオル、ドゥウゼエヌ（もう一打）」と誂えてはつるつる平らげた美味しさといったらなかった（地中海の牡蠣で、今は何故だかもう捕れないそうだ）。牡蠣の後でたべた浅利入りのピラッフと、サラァド・ロメエヌ（レタスの葉をたてに割って、その半分を切り口を上向けて皿にのせ、上にトマァトと玉葱の薄切りをパラリとのせ、酢油のソオス〔パセリ入〕がかかっていた）。

大きいが薄汚ない家で、入ると巨大な水槽にお化け平目や、わけのわからぬ魚が遊泳していて、客は好きなのを料理させる仕組みであるが、私たち日本人としては平目と伊勢海老（どれも化けものである）以外はなにものとも知れないので、右に書いた献立は、恐らく夫の友人が、貝だけで造らえた献立だと思う。私たちはプルュニエに行けばそれに定めていた。二階に上ると薄汚れた壁紙に囲まれたガランとした部屋でギャルソンはにこにこもしなければ無愛想でもない。貴族のお客係りのギャルソンが歌舞伎の黒衣のように、居ない人になっている感じだから気にならない。トゥウル・ダルジャンの鴨料理は美味しくなかった。

下北沢界隈の店々と私

　どれも、第一に書きたいが、想い出した順に並べると「スコット」である。銀座の「スコット」よりずっと小さいから、銀座の「スコット」の支店だろうと思うと、本店なのである。本店というより、厳密に言うと「スコット」の店主の住居なのであって、道楽に料理を造らえてたべさせているのである。小十年前まではそれでも西洋館になっている一間《ひとま》(住居と別になっている)でやっていて、料理店《レストラン》らしかったが、そこを貸してしまって今では、住居の方の、二階の二間《ふたま》と、階下の、入ってとっつきのひと間とを使って、前に西洋館でやっていた頃、好きでよく来ていた人々だけに料理を出すことになっているらしい。らしいというのはお客が少ししか来ないからだ。だから不意に行くとやっていない。電話をかけて行けばいいのはわかっているが面倒くさいし、買物がてら寄るのだし、表通りから近いから、無駄足というほどでもない。

この店に誰か、始めての人をつれて行くということは一寸した楽しみである。というのは、どこから見ても普通の住居だし、玄関構えもちゃんとしているので、私が黙ってどんどん入って行くと、誰でも知人の家だと思って、自分は入って来ずに外に立って、こっちを窺っている。「早くいらっしゃいよ」と急がすと妙な顔で、遠慮しながら入ってくる。そこで、出て来た女中や奥さんに「今日はやってますか?」とききた、奥さんが「今日《こんにち》はビイフ・ステエキなんかは出来ませんがグラタンやなにかでしたら」なぞと応えると、伴れはびっくりする、という仕掛けである。さて座敷に上がって、注文をきいた女中が退がるのを待って、「面白いでしょう?」と、私はびっくりさせたよろこびを満面に表わして、伴れの顔を見るのだ。コオンのスウプと鶏肉入りのグラタンが美味しい。御飯もよく炊けているし、野菜も新しい。番茶と漬物も出してくれるし、ハムエッグを頼むと、グラタン皿で焼いた儘出るので、猫舌の私は一寸困るが、ハムも上等で美味しい。大抵の時自分たちだけだから、編集者の人と行った時なんか、本や原稿、校正なぞの店を拡げて、いつまでも何かやっていてもいいし、内緒の話も大きな声でやれる。滑稽なのは夏なんか一人で、二階のひと間に陣取る時、私はいろいろな近所の家を見晴らす廊下に向って座り、どこの窓からも見えないな、とたしかめると、ひそかに卓の下に両脚を投げ出し、(絶景かな、絶景かな、)と近所の景色を見渡しながら、ハム・エッグと白い御飯を交る交るに脣《くち》に運ぶ、という光景が現出することである。私は、誰も見ていないな、と思うと何をするかしれたものではない人物だから、或雑誌の人と「辻留」に行った時には大失敗をした。伴れの人は手洗いに立ち、女中の来る気配もないので、土瓶蒸しのお猪口（蓋になっていて、それで実もお汁《つゆ》ものむわけになっている、あのお猪口である）に注ぐのが面倒くさいので土瓶の口からお汁を飲んだら、トタンに襖が開いて女中が顔を出したのである。父親が、年中私を自分の膝の上に乗せ、男の子なら頭に足をのせても構わなかったし、御飯の時には、キャベツ巻きのたべ残りに御飯を入れてたべるのも、自分から手本を示す、という有様だったから、（母親は、犬の御飯のようだと言って怒ったが）こんなご婦人に育ったのである。食事が済んだのを見計らってポンコ（犬）が縁側に顎をのせて催促すると、父親は新聞紙の上に自分のと、子供たちの《犬の御飯》を全部あけて、四隅を持って庭に下り、ポンコに与えた。彼と私たち三人とポンコとの五人だか、五匹だか？　が同じ食事をしたのである。

お次は「バンガロール」というカレー・ライス屋である。バンガローという英語は知っているが、そこに《ル》がついているので判らないが、店名なんかはどうでもいい。ここは椅子席が八つと、止り木の席が五つあるが椅子と止り木の間を通るのが、なかなか大変な位狭い。だがこの店をいよいよ狭く見せているのは、巨人のような主人の似内《にたない》さんの存在である。彼は台所一杯に、はみ出しそうになりながら、ハンバアグ・ステエキを丸めているが、彼の頭が店の低い天井を打《ぶ》ちぬいて、屋根の上に出そうで心配なような感じさえするのである。この主人が中にいるために、たださえ小さなバンガロールはマッチ箱のように、見えるのだ。似内さんは正式に西洋料理の修業をしなかったが、上手な料理人を傍で見ていて、覚えた。とにかく安いので、上等の材料を使うわけにいかないが、若し彼の手に上等のバタアと、上等の肉と野菜とを握らせたら、とび切りの美味しい料理を造り出すにちがいない。この店で私のすきなのは卵カレエ（茄卵が添えてある）とビイフ・ピカタ、バンガロール焼めしである。似内さんにはロシアの人のような、顔の造作の大きめな、似内さんより奇麗な奥さんと、茂太、じゃあない、茂太では北杜夫さんの兄

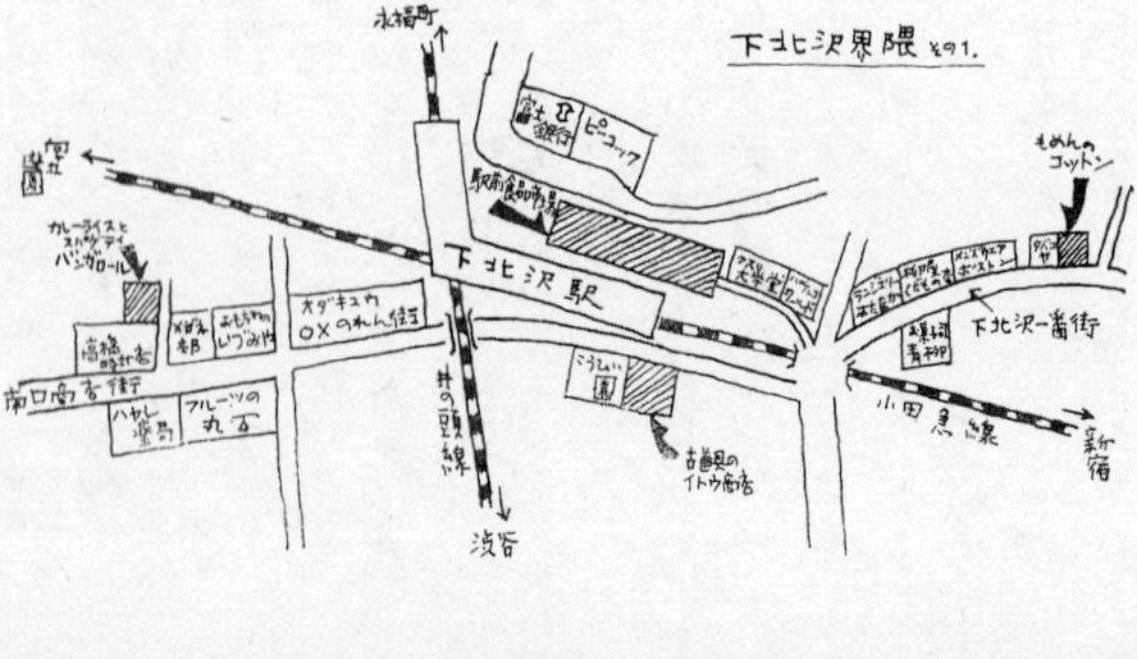

さんだ。たしか雷太だったと思う、いい名の息子さんがいて皆店で働いている。似内さんはあんまり笑わないし、口も利かないが、巨大な体軀に似合わない、細かい神経の人で、ブスッとしていて、稀に一寸何か言うだけだが、客を外らさない。名字でもわかるように北海道の人で、きいてはみないが、恋愛結婚らしい。大きい、大きいと言うようだが、彼は「バンガロール」の中にいるから巨大にみえるのではない。稀に通りで会うと、その度におどろくのだ。おや!!! 大きな人だ、と驚いて、見直すと、似内さんである。「バンガロール」から、私の部屋の方へ一寸歩くと、「砂場」という蕎麦屋がある。ここの天麩羅は海老が大変に新しいので、天丼、天蕎麦、天麩羅御飯、どれでも素敵だ。唯一の欠点は番台のようなところに座っているお内儀さんが不機嫌な面構えで、私が行き出してから十八年有余、一度として笑ったことがないことである。おまけに或日私の愛していた黒猫の鰹節を買い忘れ、もうどこにも売っていない、という悲しい出来事が起った時、辞を低くして、鰹節を少し譲ってくれないかと言ったところ、「うちには鰹節はありません」とお答えになったので、恨み骨髄に達している。もっともその位のことで恨み骨髄に達する人間はいないのだ。私の怒りが、殆ど狂的であることは、自分で知っている。なにしろ、オムレツがトマト・ケチャップの紅い帯をしめて出てくるとカッと怒り、次の機会に、「ケチャップをかけないで下さい」と言う時にも、内心の深い怒りが顔に出かかるのだ。もっとも美味を破壊することに対して、この位怒り狂う位でなくてはたとえ自称だろうと、ブリア・サヴァランの名がすたるというものだ。日本には味《グウ》の破壊や、趣味《グウ》（どっちもフランス語ではグウである。フランス人なら、私の、「とても素晴しい映画だったわ」とか、「とてもいい色だったわ」と言う時、早く言おうとすると「おいしかったわ」と言う癖を嘲笑する筈はないのである）の破壊に怒り狂わない人が多過ぎる。だからどこへ行っても不味《まず》いし、郵便切手も、雑誌も、包装紙も、汚ないのだ。フランスのように、郵便切手の色も、模様も、美術家に相談するのが本当である。日本には芸術大臣もいやしない。だが、私の怒りがいかに非常識だからといって「砂場」の婆さんの言葉が冷酷でない、ということにはなりゃしないのだ。砂場よりももっと私の部屋に近いところにある「大井川」という鰻屋も、たれに酒が、たっぷり入っていていい。第一、大井

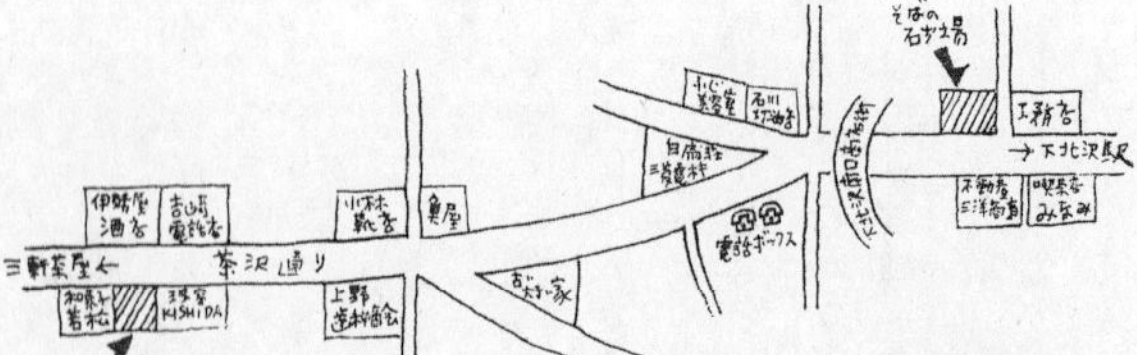

川という名がいかしている。立川談志を私はまだ聴きに行かなかった時から（講談師だかはなしかだかも知らなかった時からだ）巧《うま》いと定めていたし、「大井川」の暖簾をはじめてくぐった時も、美味しいと定めて、入った。室生犀星、深沢七郎、泉鏡花、なんていう名は読まない前から巧まそうである。下北沢から話が離脱しかかってしまった。もと下北沢にあった凮月堂には賀茂さんという珈琲を入れる名人がいた。凮月堂の店主夫妻は、私の何千倍？も金持で、別に住んでいたので、店は、賀茂さんがとり仕切っていた。室生犀星が、私の生活の寸描をするために私と凮月堂に行ったが、懐しかった。店を止めてから一度、新潮社に行った帰りの電車の中で会ったが、彼は（三百六十五日ぶっ座って書いている森茉莉もえらいが、書かせておく主人もえらい）と書き、賀茂さんを主人と間違えていた。私を楽しく、ぶっ座らせておいたのは賀茂さんでもあったが、むろん時々顔を出していた店主夫妻であったのである。この凮月堂と、先刻《さつき》書いた「スコット」、「砂場」なぞのかたまっているところとの間の、踏切りの傍に戦後、出来た時のまんまのごみごみした感じで、店が蝟集しているマァケットがある。その中に、アメリカものを置いている店が三軒あるが、その一軒には食糧品の他に雑貨もあって、私はそこで、独逸製の鉄（？）で出来た薔薇の花の形の指輪（勿論若い娘のための玩具である）を五百円で買ったが、すごく嬉しかった。もう一軒の、中で一番大きな店では、燕脂（濃い）の、アメリカ渡来（江戸時代の南蛮渡来、或は、古渡りの値打ちと、あまりといえば距たった渡来品であることよ）の毛糸《ニット》のワン・ピイスを買った。黒のと二つあった。お婆さんの癖に紅い洋服だ、なぞと言う人々の集まるところへ着て行くのに、黒の方も買っておこうと思って、又行ってみたが、売れてしまっていた。又この店は、マシュマロオをチョコレエトで包《くる》んだ大好きなお菓子がある。幼い時から、マシマロと言っていて、大好きだったお菓子である。ピータア・オトゥウルが幼いころ、「マシュマロオ。マシュマロオ」と言って、母親や姉さんにねだったにちがいないと、私は空想しているのだ。同じ店で、川口孝代ちゃんという、ティンカアベルのようでもあり、雀のようでもある女の子が、「アラビカ」というスナックのママさんと共同で、去年の降誕祭《クリスマス》に、渋い碾茶色のと、ベェジユとの毛糸のハイ・ソックスを買ってくれた。温いし、東急の金井美代さんのところで造って貰った、フランスのウウルのとび切り上等のオオヴァア・コオトの時に履くと、昔の英国の人形のようなので（私が西洋人形のようだとは言っていない）大いに喜んで、今年も冬の来るのを待っているのである。そのオオヴァア・コオトの釦は水牛の角製で、鼈甲のばら斑《ふ》のような、色の濃淡の斑は三つとも違っている。幾らか灰色がかったベェジュの、そのオオヴァア・コオトは、銀座を着て歩いても女の全部がジロリと御覧遊ばすから大したものだ。いわんや下北沢界隈においておや。中味の私の方は軽蔑しているかも知れないが、顔つきや若さの欠乏はとにもかくにも、そのオオヴァア・コオトをお召しになってもおかしくはない御人体《にんてい》とは踏んではいるらしい。それだけが取柄の私である。顔は美人の出来損《そくな》いで、美人の目鼻を一端《いったん》切り離してから、大きな、匙の中に映った顔のような形の顔の上に、ばら撒いた、という御顔《おんかお》なのだ。造物主も時々はへんなことをするものだ、ということの、これは証左である。こうは言っても実のところはなかなか自惚れているのだから私という人間の甘さは相当である。もっとも女は全部甘くて、私以下の（私以下の顔の女だっているのだ）女でも私以上に自惚れているのだ。このマァケットの中に一軒ある、大きな魚屋は冬の大晦日近い頃なんかに遅く行くと、ビニイルの袋に入った数の子が二百円で買えたり、夏の夜、閉店頃に行くと、お刺身の新しいのがばかに安く買えたりするのだ。そこをねらって行くわけではない。いやしくないというところも私の取柄なのだから、書いておく。困るのは鯛や平目のお刺身を買おうと思うと、ひと舟がばかに大きく、たっぷり二人前半はあるのだ。仕方がないから、残りは三州味噌汁に入れたり、煮たりすることにしている。お刺身を煮るのは私の父親がよくやっていた。骨というものが全くないし、千切《ちぎ》らなくてもいいので全く素敵である。私は歯が悪くなる前から、何でも細かく千切って御飯の上にのっけるのが好きであるし、骨のある魚を巧くむしるのが下手で、大っ嫌いなので、お刺身を煮たり、一さくになっているのを買うことが多い。お金がないのに、お金のかかることしかしないので不自由この上ない。

先刻書いた「スコット」「砂場」の辺から、このマァケットに来る途中の、小田急の線路沿いの細い道に古道具屋が二軒あるが、その小さな方の店「イトウ商店」は、私が通る度に、ものほしそうに一応のぞく店である。何故のぞくかというと、飾棚《ウインドオ》の中に黄金《きん》(純黄金? 贋金?)の、細い頸飾りがいつも十二三本、ぶら下がっていて、昔その中から、ボッチチェリの女神の頸に似合う感じの鎖があって、買ったことがあるからである。又もう一つ無いかな、と思ってのぞくのである。(ボッチチェリの女神に似合う鎖を太い頸に引っかけてどうしようというのだ?) そこには薄色の珊瑚の指輪や、紫色の(アメジスト?) 宝石《いし》のもあるのだが、ピカピカの黄金《きん》色の台のデザインの粗悪さに参るので手が出ないのだ。今は馬鹿長い小説のために暇がないが、暇が出来たら、それらを買って、ちゃんとした店でいい台を造らせたいと、空想しているが、銀座の店でも、贅沢な人というものにまるで無智な、バカ店員ばかりになってしまったらしいから、高い宝石を買えないので、インチキ古道具屋の宝石を持って来て、台だけ誂えるのだろうと思われるのが不愉快である。

妹の夫が、アラビアの（アラビアのロオレンスのピータア・オトゥウルが慾しがりそうな宝石）奥地で買ったのを呉れた、極く薄い紫の宝石の指輪も失くし、宮城まり子に貰った、メキシコの古道具屋で買った、毒薬を入れるように出来た、黄金《きん》と藍色の指輪（恐ろしくもまた恐ろしい感じである。多分、昔の欧露巴の、暗殺時代のものに模したものに違いない）も失くし、巴里のエッフェル塔の近くで買った、薄い薔薇色の貝殻を、銀の細い鎖で繋いだ首飾りも、これも宮城まり子が呉れた銅製の長い丸形に、古い時代の雛僧らしい少年の彫刻のある首飾りも、失くした、という不倖な私は、下北沢の薄色珊瑚や、得体の知れない紫色の宝石を何とかするより仕方がないのだ。万年十二歳の私はかくして、その古道具屋の飾り窓の中を、降誕祭《クリスマス》の売り出しの中で最も大きく、町の中の子供が見惚れるだけで我慢している、飾り窓の人形をのぞいてみるコセットのような心境で、そのけちくさい指輪をのぞいている次第である。若《も》し、である。若し、十六の時に憧れた、左団次の菊地半九郎のようで、又室生犀星のようでもあり、やっぱりその年頃の時に憧れた一高生のようでもあり、という男がこの世に現れて（そんな出現は全く不可能なのだ）その二つの宝石を買い、ちゃんとした黄金と銀との二つの台をも誂えてくれたとしたら……。阿呆なことを想像することは止めよう。そんな幸福が永遠に来ない私にとって、宮城まり子は私の救世主のようなものだったのだ。少年の像を彫った銅版画のようなペンダントは私のために美術家に誂えたように、よく似合ったのだ。

もう一軒特筆すべき、私が「もめん屋」と言っている（本当の名は「コットン」だが）、どこの国から来たのか得体の知れない木綿が、狭い店中一杯になっている店がある。凬月から又向うへ、（というのはオデオン座の方へ）行ったところにある。昔この店で、濃い橄欖《オリイヴ》地に薄い白茶の細かい小紋的な模様のある木綿を買って、極く薄いクリイム色の裏をつけた掛布団に縫わせたが、まるで、ボッチチェリの画の色調で、自分の顔に似合うと信じていて、気取って寝ていたものだ。暗い藍色地に暗い紅と灰色のブツブツの木綿を、紺絣の袷の裾廻しと袖口につけたり、黄土色地に渋い緑の小紋模様のを、灰色をおびた焦茶に木の葉模様の琉球の袷の裾廻しと袖口につけたこともある。この頃はそういう素敵なのが無くなり、戦後の、ご自分は奥様の積りでいるらしいが、私の目から見ると、長屋のカアチャン程度の粗雑な神経の女たちが着るようなのばかりとなった。下北沢が、そういうカアチャン奥さんたちと擦れちがわずには一歩も歩けない町であることは、何とも哀しい事実である。（文中の「スコット」は、最近行かなかったので知らなかったが、建て直すらしくて、今はこわされている。）

第四章
日常茶飯《ル・パン・ド・メナージュ》

果物屋の店頭で。（写真提供：新潮社、1957 年）

Le pain de ménage《ル・パン・ド・メナージュ》

フランスの近代劇に「Le pain de ménage《ル・パン・ド・メナージュ》」というのがある。山田珠樹という仏文学者が、「日常茶飯」と訳した。麺麭《パン》の話が続くが、前回に書いた麺麭は料理屋で出したり（卓子《テエブル》掛けの上に転がして出すのである。英国なぞのように皿には載せない）珈琲店《キャフェ》なぞで横に二つに割り、辛子を塗って塩漬豚《ハム》を挟んで、巴里《パリ》式サンドウヰッチにする、プチ・パンのことで、（日本でコッペパンと言っているもの。コッペだけでコッペという麺麭であるから、コッペパンはおかしい）微妙な塩味がついているのは、この方である。家庭で毎日食うのは、小学三年の子供の背の高さ位ある。此方《こっち》の方は塩味はない。午前十一時位になると、巴里の歩道《トロットワール》をこの大きな（太さも恐ろしく太い）麺麭を小脇に抱えた主婦が歩いている。塩漬豚《ハム》、野菜、なぞを買う間、主婦たちは、一寸《ちょっと》した洋杖《ステッキ》位の長さのあるこの麺麭を石畳に立てかけておく。そうして昼飯になると主婦はこのデカイ麵麭を食卓の上に立て、十字を切ってから大きなナイフで上から切り下ろす。馴《な》れているから真二つに切れる。それを又小口からザック、ザックと切って、大きな麵麭籠《かご》に山盛りにして、食卓の真中に出す。巴里の女は一人残らず倹約家というより吝《けち》に近いから、肉を食ってはいけない金曜日は歓迎で、その基督《キリスト》教の禁を破る人は一人もいない。私たち夫婦と、辰野隆、矢田部達郎たちは、昨日《きのう》の残りの魚（魚もほんとうはいけないらしい）の混ざった馬鈴薯入りサラダと麵麭とでしぶしぶ食事をする。だが、いい葡萄《ぶどう》酒で造った酢とオリーヴ油、塩加減がいいので美味《おいし》い。金曜日以外の日はよく、コトゥレット・ド・ヴォーが出た。コトゥレット・ド・ヴォーは、私たちの下宿、ホテル・ジャンヌ・ダルクのビーフ・ステーキである。コトゥレット・ド・ヴォーは犢牛《こうし》のカツレツの意味だが、カツレツと言っても粉も卵も麵麭粉もなしのバタ焼きだから、ビフテキのようなものだ。英国風の料理を特に出すレストラン以外では、ビーフ・ステーキはない。巴里人だって、ビーフ・ステーキは美味《うま》いと思うだろうが、フランス人は芯《しん》から底からフランス気質《かたぎ》で、英語が少しは話せても決して話さないし、わかっても判《わか》った顔はしない。とにかく奈翁《ナポレオン》万歳!!! フランス万歳!!! 凱旋門万歳!!! である。食事なぞで奈翁《ナポレオン》の名を口にする時の感じは大変で、私は現在《いま》でも、彼らの発音するナポレオン、という、熱気の籠《こも》った音《おん》を、覚えている。七月十四日《キャトルズ・ジュイエ》（仏蘭西《フランス》革命記念日）に街を流して行く、ラ・マルセイエーズの合唱を聴くと、フランス人ではない私の胸にも血が湧《わ》き立って来て、自分も日本人ではないようになってくる。とにかく七月十四日《キャトルズ・ジュイエ》に巴里で、ラ・マルセイエーズの合唱を聴くと、急に体の中が熱くなって来て、おや、私の血はこんなに熱かったのかしらと、おどろく。とにかく、ゴッド・セエヴ・ザ・キング、なんてものじゃないし、君が代のような落付いたものじゃない。フランスの愛国者は、他の国の愛国者から見ると、一つの発狂者に近い。私はラ・マルセイエーズが好きでよく歌うが、歌えば必ず忽《たちま》ちフランス人に化《な》ってしまう。いい気分になって歌い出すと、お得意の発音で、顔まで巴里人の顔になった感じになる。そうなってくると続けて「マミトン（コック）は愉《たの》しい」も歌う。面白いのは私は巴里で、巴里人の味覚が日本の江戸っ子に通じるものがあるのを知った。巴里のレストランで隣の卓子に、黒焦げに焼いた魚（多分大鰯《おおいわし》だろう。秋刀魚《さんま》のような魚）を乗せた皿に雲丹《うに》が一《ひと》つまみ添えてあるのを見た。柚《ゆず》をかけた秋刀魚を食わせたいと思うのは、巴里人だけである。中トロの刺身なんかも大喜びだろう。

或日の夕食——背番号90の感度

今日はバタァもない。卵もない。牛肉も刺身も買いそこなったし、これから御飯を炊いたっておかずがない。枕崎の鰹節、利尻の昆布、大分の椎茸で造った吸物用だしも切らしたので若布はあるが八丁味噌のすごい味噌汁もこしらえられない。私は仕方なく紐育製の即席珈琲を淹《い》れて洋杯《コップ》に移し、角砂糖二つ半強を入れて水に冷やしたのに氷をぶちこみ、麵麭を焼いた。白桃の缶詰を冷蔵庫から出して寝台に運んだ。甘すぎない、急激に冷やした珈琲に焼麵麭、ジャム代りの桃の缶詰の食事は感覚としてはアメリカの独身の男の、メイドが俄かに休暇を取った日の、カリフォルニアの桃のジャムと珈琲と麵麭である。鯛か平目の刺身を醬油と白鶴、微量の砂糖で手早く煮て、後《あと》から下ろした生姜を入れたのと、笹にしき二合弱を固めに造って四等分した五勺弱の熱いお粥、又は上等の牛肉でとって、刻んだトマトを入れて一寸煮立て、パセリを散らしたコンソメと麵麭等の、いつもの食事には及ばないが、ともかく不愉快にはならない食事を終った私は(今日は背番号90のことを書こう)と思ってペンを取り上げた。

寝台に座っている私の横手には積み重ねた本の上に、毒杯のような感じのこぶこぶのある濃い緑色の台付コップに挿した真紅《あか》と薄紅色との薔薇、菫色と薄黄のスタア・ヒース、霞草、鈴蘭、のドライ・フラワアの花束が載っているかと思うと、黄色の大きな洋杯《コップ》位ある蠟燭、やや細めのミルク入り珈琲色の蠟燭が載っている。角い銀色の盆の上にはスペイン産の葡萄酒、食塩、胡椒、ソオスと一緒に、ジャスミンの鉢植が載っている。美術の本の堆積の上には英国製の梟とペンギンとの合の子の縫いぐるみが載っている。これらのものが、年中小説で苦しんでいる私の目を楽しませているが、私の座っている向い側に、テレヴィと並んで立てかけてある、背番号90が跳び上らんばかりに手を大きく拡げて喜色満面の写真も、書けない日が多くて暗くなりがちの私の気分を軽々とさせる役目をしている。

二日前から、ルウヴルで見た印象をあまり壊さない、モンナ・リザの優秀な複製が、どぎつくない黄金色《きんいろ》の額縁におさまって、テレヴィの上に立てかけられることになって、これも私の気分をよくしてくれている。大体私は長嶋の大ファンだが、その理由は彼の持っている一種の感度のようなものを素晴しいと思うからだ。それと彼の人柄のよさである。会ったことも、話したこともないが、舞台とか、球場とかで表情や様子を遠くからでも見ることが出来れば、そこで芸を見せるとか、技術を披露する人間の人柄というものはたとえその人間が隠そうとしたところでかくせるものではない。私は前から、長嶋の感度に目をあてていたが、水原茂がどこかに書いていたのを読んで成程と思った。それは（Nは自分の頭の上横を飛ぶ球が見える男だ）という言葉である。成程、と私は心に深く、肯いた。長嶋のこの感覚を一般に《動物的勘》と呼んでいる。たしかに長嶋の感覚はその動物的勘にちがいない。私たち人間がもと確実に仲間だった動物たちの鋭く柔軟な勘は今、極少数の人間の中にだけ生きている。私の最近随筆風小説の中に書いた、動物たちと人間に関する意見を読んで、田中美代子が評した文章の中に、ジョルジュ・バタィユが同じ意見を発表してたという言葉があって私をおどろかせたり喜ばせたりしたが、長嶋監督の勘の冴えや、我を忘れて喜ぶ時の全身で現わす歓喜の表情なぞを見て、ファンの度合いを一層昂《たか》めている人々の中に、背番号90に熱いファンの気持を持ちながら、この（動物的カン）という言葉に、いささかでも抵抗を持つ人がいたら、その人はほんとうの長嶋ファンとは言えない。

およそ三味線弾きでも、（一例、鶴沢豊七）役者（中村仲蔵）噺家（林家正蔵、円生）でも、バレェ（ヌレエフ、レオニィ・ドゥ・マシィン）踊り手（市川小太夫＝昔、彼の勢獅子を見たが、体が一瞬高く上って、フハッと下へ落ちるところが、レオニイ・ドゥ・マシィンのような軽さだった＝）画家（ドオミエ）版画（ビアズレェ、池田満寿夫）浮世絵師（北斎、写楽）戯曲作家（鶴屋南北）小説家（室生犀星、泉鏡花、吉行淳之介、深沢七郎）詩人（萩原朔太郎）演出家（六代目菊五郎＝彼は名を表に出して演出をしたことはなかったが、すごい演出や工夫をしたことがあると、人から聴いた。彼は「坂崎出羽守」で、初日の幕切れで、舟底から出て来て、舳《へさき》に仲よく並んで後姿を見せている千姫と本多平八郎を見て、無念の表情と科《こなし》を見せる筈だったのに、出たと思うと下へ馳け込んでしまった。作者がわけを訊くと「出羽守はあそこで苦しくて二人の姿を見ていることが出来なかった」と答えた。又、川並人足の役で、舞台の奥を川に見立てて、川に浮んだ丸太の上からひょいと河岸に上がるところがあったが、彼は舞台の奥に大小不揃いのダンボオルを凸凹に置き、その上に足をかけて舞台に上った。客席から見ると、ほんとうに、巧い川並人足が揺れる丸太の上から岸へ上がったように見えたのである＝）ピアノ（ミケランジェリ）指揮者（小澤征爾＝彼の指揮を見ていると、音が光の棒のように彼の肩や肱を突き抜けて走り、最後の止めのひと振りでその音が彼の指揮棒の尖端《さき》から抜け出すのを感じる＝）映画役者（ピータア・オトゥウル、ピータア・フォーク）碁打ち、将棋指し（升田九段）人斬り（人斬り以蔵こと、岡田以蔵）騎手、さては料理人、雀士、に至るまで、芸、又は技、と名のつくものをやる人で名人と言われ、名手と言われる人、或高い水準の上を越したことをやる人、つまり、人力以上のことをやる人間というものは皆、動物のカンを持っている。動物的カンなしで、名人の域に達することは出来ない。

右の意味で私は背番号90、選手長嶋を、動物的カンを持った稀な野球人と見ている。私は打者の技術も、まして球団の監督の駒の進め方も、よく知っているとは言えない。だが水原茂の言葉を読み、（水原茂は一度、雑誌から行って話を聴いたことがある。彼は鋭くて品のある、野球批評家だと思う）長嶋監督の遣り方、言葉を新聞で読むと、解る感じがあるのだ。私は三年前からテレヴィを置くようになり、同時に野球に興味を持ち始めたので長嶋選手の終りの一年と、最後の日と、背番号90のこの半年しか見ていないので、口惜しいことに背番号3の最盛期を目にしていない。だが、私は素晴しい長嶋ファンであると、自任している。

それにしても末次逆転ホーマーの日の歓喜する背番号90の、全身で表現した歓喜は素晴しかった。彼の歓びは球場を埋めたファンの胸の中に裸で飛び込んだのだ。他にも偉い監督もいたようだし、努力型の名選手もいるが、観客を自分の歓喜の中へ惹きこみ、又、一緒に哀しませる彼は、日本プロ野球がここまで隆盛になった気運の一端を担っていると言えよう。終に一言。生意気だが、(N監督はもう少し温情を斬る必要があるのではないか?)

私のコロッケ

いまの私は、長い小説を書いているため、ごはんの仕度に時間をかけてはいられない状態なのだけれども、よくよくの食いしん坊であって、そのせいかどうか、美味しいものでごはんをたべないと、小説がうまく行かない。

書く小説も、どこか変っているが、おいしいと感じるものも変っている。誰かが、「おいしいものをたべればよく書けるのか、それでは」と言って、何々軒の西洋料理、何々飯店の中華料理、何々亭の日本料理を運んでくれたら、上出来な小説が出来上るわけではない。

ところで、ここに書くごはんのおかずを見て「なんだいこれは。これが、何々軒のより上なのか」と言われても困る。ふだん、時間のある時にこしらえるおかずなら、人はなんといおうとむかしの一流料理屋に匹敵するお料理だぞ、と思っているのだが、この頃は時間がほとんどない状態で、睡らず、たべず、お風呂に入らずですむようになれないかなあと、心《しん》から、底から思う感じの状態である。

体のために、主食（お米はもちろん、パンもうどんも）は日に一度しか取らないことにしているので、一食以外は野菜と肉、あるいは魚だけにしている。そうなると、野菜は葉っぱ類ではもたないから、馬鈴薯か人参、せめて、かぶ位の、お腹にこたえるものということになる。

しかし、じゃがいもを茹でている時間はない。あえて、やっても、切るのが手のろいし、お鍋を火にかけておいて書いていると、たいていの場合、黒焦げになって二重手間になる。それで工夫したのが、独特のコロッケ料理である。

昔から、上等の料理店はコロッケは揚げないことになっている。私が「これ美味なるかな！」といってたべるコロッケは、明治の昔から、大正にかけて、千駄木町にあった私の生家で、母が女中に教えてつくらせたコロッケである。そのコロッケというのは、挽肉と人参、玉葱のみじん切りをいためてまるめ、それをじゃがいもの裏漉しで包んで、小型の俵型に丸めて、本郷通りの西川の上等のヘッドで揚げたものである。

その味に近いものを、短時間でつくるのが、このごろの私のコロッケである。幸い近所の肉屋が悪くないコロッケを揚げている（淡島通りの肉屋である）ので、それを毎日十個買う。二食分である。それを、雪印バタアをたっぷり使って、いためるというよりは煮る要領で温め、いったん皿にとる。

次に、鶏の笹身を挽いてもらったのをさっといため（玉葱も）、トマトジュウスを、水でいい加減に割ったもので煮て、ソオスをつくって、コロッケを入れてさっと温めて終りである。

コロッケを長く煮ると崩れる。不思議に、この方法をうまくやると、昔の生家のコロッケに、上等な料理屋のトマトソオスをかけたような、贅沢な味の料理ができる。ごはんが足りなくてお腹にもつおかずにしたい時には、バタで温めたコロッケをウスタァソオスでたべる。絶妙である。（キャベツの繊切りは時間がないので、たまにしかつけない）

このコロッケのトマトジュウス煮は私が時間のある時につくる、自家製のハンバアグのトマト煮よりも好きな位である。

私は何かが一つ気に入ると、何日でもあきないので、この頃は毎日、この車庫通りの肉屋で、コロッケ十個と笹身二百瓦《グラム》をお買い上げになる。コロッケの上客らしい女の人が、コロッケの前に立っているのを見て「しまった！　売切れっ」とその後姿を睨むと、肉屋の奥さんが私のその気持を見破って微《かす》かにわらうのだ。

この方は上等とはいえないが、デパアトのサラダに、辛子と酢を加えて、パンとたべることもある。

日に一度の主食つき食事は、友だちが買って来てくれた、昔の料理屋用のようなお米を炊き、デパアトで、日本橋の海苔、かつぶし、信州の粒味噌等を買っておいて、鶏の挽肉と豆腐をしょう油と酒でさっと煮て、一味唐辛子をふりかけたものや、白身魚のさっと煮たもの、挽肉とキャベツのバタいため、小かぶの葉っぱ入りみそ汁、若布や大根千六本の味噌汁をおかずにして、昔の味よもう一度を、ほとんど完全に再現している。今の状態ではこれが極上の食事である。

聖人のまじわり

私の生れたころの台所というのは、大きな家でも台所だけは狭くて暗い、なんだか悲惨な感じの場所だった。歌舞伎の「引窓」のようなガラス戸をはずすと、空の見える明りとりだか、煙出しだかの窓があった。

私の家はかなり大きな家だったが、台所へ行くのは暗くて寒いいやなところへ行く感じで、女中たちは上等の温州ミカンを山もりにした通い盆を奥へ運んで、佐倉炭の真紅《まっか》におこった大火鉢やガスストーブと、十燭電灯のあかあかと明るいへやの中へおいて、また台所へさがるときには、天国をちょっとのぞいた後、すぐに地獄へ帰って行くような思いがしたに違いない。女中に何か頼むことがあって台所へ行くたびに私は、何か頼んでしまうと、逃げるように奥へ引返したのを、今でもはっきりとおぼえている。

炭俵や糠みその入っている上げ板になっている仮の間《ま》には隙間があって寒い。一段低い板の間は、膝をついてやる洗い場で、水口をあけると凍るような井戸端である。その台所が立ってやるように改造されたのは、たしか大正に入ってからだったと思う。そういう台所だったころ、私と台所とは、まったく無縁の関係だった。

次に結婚後、私の出会った台所は、とついだ先の料理屋のごとき広大な台所で、ここではじめて私は台所といやでも縁のある関係となったが、舅《しゅうと》の妾のお芳さんという人がとりしきっていて、私はたまにネズミが出るようにちょろっと出てはひっこむ程度で、一度だけ五、六人の皆私より五つも十も年上のがそろった女中たちに、おそるおそる命令を下して、サケの切身を二十近く買わせ（その家でお芳さんがするように、大きな魚をおろしていろいろの料理に作り分けることは、料理の教師に教わらなかったのである）、大鍋でゆで、魚のゆで汁を使って白ソースを作り、食堂に運ばせたことがある。

冷汗をかきながらやったが、神の助けで白ソースもなめらかな上出来で、薄紅色の魚の上に、白いなめらかなソースのかかった皿が次々と運ばれて、舅もほめ、お芳さんも後でまねをして作ったほど、おせいじでなく感心し、大いに面目をほどこしたが、二度はあぶないので、そのときの他は手伝いだけにしておいた。だから台所は私と縁が深いとは言えなかったわけだ。

次が大正も末ごろの目白の赤い屋根の文化住宅の台所で、これも狭い台所だったが、ここでも私と台所とは、ぴったりより添った人場？　一体の関係ではなく「人参と馬令薯をさいの目に切ってゆでて、玉ねぎをみじんにしておくれ」なぞと座敷にいて命令し、自分は味つけと仕上げにちょっと台所へお出ましになるのだった。ゆでるとか、ことに刻むのは、自分が出て行って範を示しては恥をかくのである。

味つけは名人である。食い盛りの学生のための料理も、金持じいさんや、ばあさんのためのいきな料理も得意である。だが、そうかといって台所とはまったく淡々たる付合いで、淡として水のごとき、聖人のまじわりである。

現在は一人暮しになったので、いやでも朝昼兼用の食事と夕食とは自分でやるが、台所は一人でも鼻がつかえるくらいの場所だし、水道も蛇口があるばかりで出ないし、へやを出たところにある流しは、共同のために年中誰かいるので、ガス台だけは使うが、切ったり鍋に入れたりはへやの中でやり、その代りきれいな紅い透明の蓋つきなその鍋を使い、切り屑はボールに入れておいてから、ポリエチレンの袋に移して、輪ゴムでくくる。

真紅《まっか》な人参やきれいな馬令薯（八百屋ですごくきれいな紅いのを目を光らせて選ぶのである。馬令薯もむきやすい丸形のきれいなのを選ぶ）を洗ってきてはベッドの上で、いつも新しくしておく白木のまな板で刻むというわけで、米入れのブリキの箱の上の花模様の瀬戸びきの盆の上に、洗った野菜と果物を三日くらい美しく満載しておくのが楽しみという奇人である。

ローズ色の花とオリーブ色の葉を散らした大きな紅茶々碗、スミレの散ったご飯用の皿など、結構楽しんではいるが、結局台所と私とは一生無縁らしい。

コカコーラ中毒

現代の令夫人を見ていると、魚屋に行って魚を買うのに、このお魚はいか程でございますか、はあ、さようでございますか、それでは二ついただきます、八百屋に行くと、このおねぎはいか程でございますか、はあ、八十円で、それではこれを一わと、それからそちらのお茄子《なす》も少々いただきます、といった具合。昔の令夫人は、これ幾らです？　じゃあそれを二尾と柱を少し下さい、というように言っていた。魚屋や八百屋を見下《みくだ》した態度をするのはいけないが、何もそう奉《たてまつ》ることはないのである。女学校のバザーで宮様から何か買うような言葉遣いはおかしい。これは一つは戦中戦後に、魚屋も八百屋も売ってやる人、という優勢な位置にいて、買い手から祭り上げられ、又買う方は売って戴くという卑屈な位置にいた。その頃の名残りが尾をひいている、というところがある。その感じがまだどこかに残っているのか、どうもこの頃は奥さんたちが丁寧な言葉遣いをして、商人を持ち上げる傾向がある。私も私一人の力で大勢を変えることは出来ないし、昔の奥さん式にやっていると、売ってくれるのも、配達してくれるのも、感じよくしてくれない傾向があるので世間の大勢に従って丁寧にしている。奥さんたちの中にも私のように、止《や》むを得ず一般の傾向に従っている人もあるのだろうと思う。酒屋にコカコーラを頼む時にも、(空壜がもう箱に入れてございますから、又二打《ダース》お願いします)という風に言うと直ぐに届けてくれる。私のハウスの向う側の裏通りには、元首相の佐藤さんの邸をはじめ立派な石塀に囲まれた大きな邸が並んでいる。もしその家々の夫人が自主的にせよ、大勢に逆わないようにしているのにせよ、世間並みに丁寧にしているのだとすると、商人にしてみれば、元首相の家や大きな邸宅で丁寧にしているのに、どこの馬の骨だかわからない共同住宅の奥さんが威張っているのでは、気分を悪くするのも無理のないことである。私は商人たちの中でも、酒屋にはとくに気を遣っている。というのは私がコカコーラ中毒になっているから、半日コカコーラがないと我慢出来ない。冷蔵庫の氷とコカコーラが無いと私は参ってしまう。戦後、下北沢の風月で始めて飲んだ時はおいしいどころか、黴《かび》の香《にお》いがする飲みものだと思ったのだったが、いつの間にか大好きになってコーラがなくては夜も日も明けない。普通コーラは咽喉《のど》が乾いた時にガブガブっと飲むものなのだが私は大変に美味《おい》しいので、レモンを三四滴と蜂蜜の溶かしたのを二三滴入れて飲んでいる。（そうすると味がずっと品がよく、柔かくなる）とにかく氷とコーラが切れると、砂漠でオアシスに辿《たど》りついたのに、水を飲むのを禁じられた人のような感じになる。ヤクの中毒患者の禁断症状のような状態にならないのがめっけものである。R編集者は止めた方がいいと注意してくれるが当分止められそうもない。昔は夏は、冷紅茶に氷を入れて飲むのが無上の楽しみだったが、今では紅茶ではもの足りない。冷紅茶の方がむろん品がいい。悪い女にひっかかった男が品のいい、綺麗な奥さんではものたりないようなものらしい。だが西洋料理屋では、コーラはとらない。コーラは甘いので料理には合わない。私は好きな西洋料理の時には、中位の葡萄酒を水で半々に割ったのを相の手にたべるのが好きだが、これは巴里《パリ》の安下宿でついた習慣で、日本でちゃんとしたレストランでそれをやると、なんとなく吝《けち》な感じになるので、料理店では水に定《き》めている。水割り葡萄酒でなければ水が一番いい。パリの安下宿の習慣が癖になっているので、上等の葡萄酒をすすめてくれても遠慮ではなく、料理の間には飲みたくない。上等の葡萄酒は家でそれだけを別に飲む方がいい。それで私はレストランに行く度に、水割り葡萄酒が飲めないのがひどく残念である。

珈琲が性に合わない

珈琲《コーヒー》にはカフェインが入っていて有害だということだが、紅茶の方もテインというものが入っていて、あまり体にはよくないらしい。私は珈琲が性に合わない。十八歳（殆《ほとん》ど子供だった）で巴里へ行ったので、世界一の巴里の珈琲の味がわからなかったのだと、思っていたが、三十になっても六十になっても、又現在も、珈琲の味がわかるとはいえない。牛乳を大きな茶碗にたっぷり注いで、そこへ一寸珈琲を滴らすのは好きだが。紅茶の方は大好きだが、テインというのがカフェインと同じで体に悪いと、どこかに書いてあったのを読んでからはあまり飲まないようにしている。一週間に二度、「サザエさん」がある日だけ、ミルク紅茶を飲むことにしている。紅茶と心中する気はないから。この頃はコカコオラ一点張りなので、好きな紅茶もその程度にしていられる。コカコオラというのはコカインが微《かす》かに入っているのでコカコオラというらしいが、製造しているアメリカ人が平気で飲んでいるのだから、テイン入りの紅茶よりはいいだろうと、思っている。

ベッドの上の料理づくり

世間によくある、いわゆる食道楽、というのではなくても、食道楽の人はいる。食べるのがすきな人である。いつも何か食べたがっている人である。十五、六歳の成長期が遠い過去になっているのに、絶えず何かおいしいものを頭に想い浮べては、食べたがっている人である。これと反対に、何も食べたくない、という顔をしている人もある。食事どきになると、お義理のように、ものぐさな手つきではしをとり、奥さんの苦心したさらの上のものに、あれこれ手はつけるが、まずいのか、おいしいのか、表情をうかがってみてもいっこうに不明、といった人物で、こういう人物は人生が半分ないようなものである。

考えてみるのに、落語の「酢豆腐《すどうふ》」の主人公のようなかわいそうな人はないのであって、ほんとうをいうと、いわゆる食道楽と名のつく人よりも、ただ健康な胃を持っていて、すきなたべものが多く、それを食べるときにはなんともいえなく楽しく、仕事のあいまには、自分で何かこしらえたり、一人で、あるいは親しい友だちと誘い合って何か好きなものを食べに出かけ、大いにしゃべりつつ食べ、食べつつしゃべる、そういう人のほうが幸福である。そういう人のほうが真性の——真性のではコレラかチフスみたいだが——食道楽の人物というべきである。

その意味では、私もりっぱな食道楽の人物である。りっぱすぎてりっぱからお釣がくるくらいである。若ければともかく、すでにご老人といわれても、そうじゃありませんといいたくてもいえない年齢に達しているのに、食いしんぼうなことは、子どもなみである。

私はごく気に入った料理店でも、自分のこしらえた料理のほうがおいしく感じる。だが私の行く料理屋のために弁護しておくが、私のさいふと釣合いのとれた値段でつくっているのであるから、バターをたっぷり投げこむわけにもいかないし、飛び切りのヒレやロオスを使うわけにもいかないのである。

私はベッドの上で紅いニンジンを切り、バレイショの皮をむいて、ドイツ・サラダをつくり、シジミ、またはナスの三州味噌汁をつくり、柱（貝の）と海苔《のり》で清汁《すまし》を造り、（水カラシ入り）甘煮のウドをつくり、長ネギの青いところと、紅くない干しエビ、卵二個で、晩翠軒と大差のない炒飯《チャーハン》をつくり、アサリ（パリではトリガイに似た貝）のフレンチソースにパセリをちらしたオール・ドゥーヴルをつくり、といった具合で、その数とヴァリエーションのすばらしさは、ここに全部を列挙する紙数のないのが残念なくらいである。サツマイモの砂糖煮（塩もかすかに入れて、ちょっと焦げつかせ気味にする）や、パセリ入り（パリではフィーヌ・ゼルブを入れる）のオムレットなどもお得意である。

つまらない日

私の毎日は苦しみの連続（ああ！　それは死ぬまでなのである）ともいえるが、その中の或一日は、クウラアを入れて（さあ、今日からは好きな冷気の中で冴え冴えと立ち上ったり、坐ったり、寝台《ベッド》の上で紅みの多い人参を切ったり（長々と蛇のようにねころんでいる時間の方が実は多いが。蛇ではないからとぐろを巻くことはないが、ねころんでいるところへノックの音がするとにゅうと鎌首をもち上げる。一年位前まではこの蛇は大きな太い蛇だったが、今では細めの蛇である。脚は半分位になった。理由は七八年の間、散歩をせず、街まで出る楽しみの買物もなし、映画も見ない、尊敬と慕う心と、少しのヤキモチとを抱いている素晴しい女友だちを訪問することも三年に一ぺんという生活をしていて、ごはんやパン、間食、文章かきの時には狭い場所に坐っていたために細くなったのだ。他にもう一つ理由があるが、その理由は秘密だから書けない〕出しを入れた鍋に葱《ねぎ》の筒切り、人参、芽《め》甘藍《キャベツ》、生椎茸、鶏なぞを入れ、日本橋の味噌を溶き入れて〔野菜の時には信州の粒みそ、鶏入りの時には粒無しの信州、若布《わかめ》や大根の千六本、豆腐なんかの時には八丁味噌〕一流の味噌汁を造ったり、シチュウを造《こし》らえたり、鶏と葱の柳川を造らえたりして、フジミノリ〔米の銘柄〕を炊いて大皿によそってそれらをザブッとかけ、小匙でぱくついたり、〔大匙でたべたいのだが、私の頭の骨と顎の骨とがうまく嚙み合っていないので、大きな口を開くとガクッという時がある。町医者だった私の祖父は外れた顎をはめる名人だったそうで、それを見ていて覚えた父親も名人だと、自分で言っていた。それで父親が生きている内は安心していたが、父親が死んでからは大きな飴《あめや》は止めたし、あくびも、出来るだけ口を小さくあけてするように苦心しているので、大匙《さじ》は駄目なのだ〕ビッグコミックのゴルゴやナミ、馬九郎、祐天寺富夫実は天外仁朗《てんげじろう》、奇子《あやこ》、司郎、等々の劇画中の人物の表情、行動を興味津々として追ったり、珈琲店〔前にはスナックにも行ったが、この頃は駄目になった。行かれなくなったのである。この理由を書くと三十枚では足りないし、この理由も困ったことに、秘密である。だから珈琲店が唯一無二の外出先になった〕に行って氷を山盛りの洋杯《コップ》に熱い珈琲を注いで、上からミルクを注いだのを飲んだりすることが出来る）（この珈琲店はこの頃変って来て、いつも夢のように泳いでいた熱帯魚や、いつも、プラスチックの餌函《えばこ》の上に甲羅を干しているかと思うと、踊りを踊るように手足を動かして上ったり下ったりしていた緑亀がいなくなった。チイズトオストとアイスクリイムも無くなった。緑亀は綺麗な緑色＝毒のある感じの薄めの緑である＝で、餌函の上でこっちを向く顔を見ると＝何故かいつも私の方を向いていた＝その小さな顔＝顔というより面の感じである＝は太古の怪獣の、ケラトソオラス、蛇と蜥蜴《とかげ》との合の子、なんかに酷似していて、凄い形相なのだ。恐ろしい顔をしているくせに動作が可愛いところがなんとも可愛いので、私はほんとうに、愛していた。その亀のいろいろな形体を描いて、手紙に入れて三島由紀夫に送ったこともあった）と思って大よろこびをした日なんかもあったし、小説の中のことで小さな歓びも時々はあるにはある。

この間の一日はつまらない一日だった。潮出版社から、タエコの「結婚記念日」（彼女の初めての戯曲）を観て批評を書く依頼の手紙が来たが、それと一緒に、三島由紀夫がその狂気の目をこの世から消し去ってしまった後、草野心平や野上彌生子をはじめとする作家や詩人、女優、女友だちとともに、私がその健康と倖《さいわい》とを望んでいるところの吉行淳之介の「樹に千びきの毛蟲」が送られて来た。その本が彼が私に呉れたのかどうかわからなかった。又装幀が、深い、黒に近い緑に見えたのによくよくみると濃藍だったのもがっかりの感じだった。吉行淳之介は丹次郎的な（遊治郎的な）美男だが、彼の文学が、霧雨の降る欧露巴《ヨーロッパ》の街とか、昼か日暮れ前かわからない甃《いしだたみ》の道が頭に浮んでくるようでいて、近代のジュラルミンなぞの金属性のある、冷たくて鋭く、軽いものが感じられるのと同じように、よくみると楡《にれ》の木の下に立っている近代の西欧の小説家のようなのだ。それで切角本の色が彼の本らしい色だと思ったのがちがっていたからである。朝、昼、夜、点《つ》けっ放しの裸電燈の光でよくよくたしかめたが藍だった。タエコの芝居に行った時、潮の人にきくとやっぱり呉れたのではなかった。傑作をよむといばって書けなくなる（恐怖の中の変な自惚れがなくなる）からよまないと、方々に手紙で言ったので呉れないのが当り前で、このごろはあまり誰からも来ないのだが。その日は目も腫れていて、鏡をみるのが厭な日だったし、すべてがなんとなくつまらなかった。タエコが批評を頼んだのではないらしいのもつまらなかった。目が腫れていて外へ出たがらないのを知っていることは知っていたのだが……。

「ヘンな幸福」――ウエットなアナウンサアが厭なだけ

メェテルリンク（童話なんかにはメェテルリンクだが、小山内薫はマァテルリンクであるがどっちが本当かさっぱりわからないのである）の「青い鳥」を知らなくても、女というものは（お嬢さん、娘、ＯＬ、主婦、ホステス、二号、〇号、すべて）どこかに青い鳥、つまり恋人という名の、自分を奇麗だと思って愛してくれる（あわよくば膝まづいて崇拝してくれる）人間がいないかと、日夜思っているシロモノであるが、そういう人間というものは街やデパートを千万辺歩いても、横丁に曲っても、野原へ行ってもいないし、海で長い柄の網のすくうものですくってみても、引っかからないし、砂漠を方々掘ってみても出てこないから、彼女たちはイライラし、ただなんとなく出歩き、かすかにいかした若い男が、自分の方を見たような気がすることで果敢ないよろこびを感じ、要りもしないものを買い、のみたくもないのを飲んで、帰ってくるのだ。私にそういう体験がなかったとしても、彼女たちの顔をみれば、それは歴然と、彼女たちの顔に書いてある。そうかといって、バカなところ皆無で、主人のシャツ三枚と、三足二百円のくつ下を買い、不味《まず》い鯖ずしを買ってかえる女は、本人もつまらないだろうが見ているこっちもやり切れない。フラついている女を見ると悪い男はキンキジャクヤクして女を釣るのだが、私は釣られたことはなくて、一ぺんだけ釣られかかって糸を切ってしまったことがあるが、（その人はよく西洋の泉《パッサン》の水についている、口から水の出る牧羊神のような顔の人であった）たしかにいつわりのないところ、若い時には彼女たちと同じ心境でフラフラしていたことがある。もっとも自惚れが強いから自分は奇麗にみえるにちがいないと思っていて、街でも芝居の廊下でも、いろいろな男が自分に注目していると信じていた。父親のオーガイという男も又、私と競争で私の顔に自惚れていて、田村屋のゆかたを着た私と銀座に行って帰ってくると母親に向って、「お茉莉を伴れて電車に乗ると、若い男はあんな娘と結婚出来たらなあという顔をする。爺さんは俺が若い男だったら、という顔をする。婆さんはあんな娘がいたら儲かるという顔をする」と言ってうれしそうに微笑い、母親は呆れて「まあ馬鹿々々しい」と一笑に附したのだ。女も、女という人間であって、人間であるが、人間というものはなかなか自分をわかるということが出来ない。私は小説というものを書くようになったので、ぬらくらしてはいるがいくらか本気になっている内、自分が大分わかって来て、自分がピータア・オトゥウルの如く、(顔は別。ただ顔の中にあるものが先天的に同じ)阿寒湖のマリモの如く、又、透かしてみると、中になにかがあるようでもあるし、又無いようでもある、えたいの知れない曇り硝子のような、という、へんなシロモノであるのがわかった。(又そのことに前から少しずつ気がついているうちに、モイラという名の、自分のような子供の大人になる過程を小説に書いているうちに、自分のそういう感じがもっとはっきりわかって来た。そこに又副産物が出て来て、自分が子供の時にはいじわるの大人に抵抗はしていても、顔にも言葉にも現わせなくて、もっぱら心の中でいきんだり、突っ張ったりしていて、表面《うわべ》は病気の猫のようだったのが小説の中の子供は態度で示そうよ的になって来た。そのうちに自分の中にもモイラのような素質があることに気がつきはじめて、妙なことが起って来た。死んだ猫のようだった私が、アパルトマンの井戸端へ出て行って、(ムーッとした顔とようすで出て行くのである)今まで十何年もの間自分にいじわるをしていたかあちゃんをにらんだ。するとなんという不思議だろう。モイラが私に乗り移ったのか？　或は又私の中にいた(モイラ)に火がついたのか？　ムーッとして突っ立っている私に敗北して彼女は気の毒ったらしい顔になったのである。私は黙ってへやに引かえしたが、うれしさのあまり、そのモイラと私との関係と、井戸端の体験を三島由紀夫氏に出す手紙に書き、三島由紀夫氏からは《いつもながら面白いお手紙を拝見……》と、書いて来たのである。その体験に味をしめ、血の味を知った仔豹のようになって、他のかあちゃん、ねえちゃんをも（モイラ）の目でにらみ、だんだん横暴になって来た。或日、部屋の入口辺にいつも出没するねずみの仔が、私が急に帰って来たのにおどろいて、おいてあった紙袋の中に落ちこんだ。私はその袋の口を恐る恐る摑んだがこわいので、一人のかあちゃんにバケツに水を入れて貰い、袋ごと水に突っこみ、かあちゃんの家のブリキ製の何かの蓋をして貰ったが、翌日そのかあちゃんは私がしらん顔をしているので、気の毒にもねずみの入ったバケツの仕末をさせられたのである。今まではまぬけな犬のように、冷笑を浮べる彼女たちの顔をぬすみ見ていたのに変れば変るものである。そのうちにまぬけの犬はどんどん威厳がついて来て、ピータア・オトゥウルのヘンリイ二世の如きツラがまえとなり、大家《おおや》の代理をやっていて、玄関わきの三間《みま》続きを使っているかあちゃん（とうちゃんは板前で、板前だから貰ったしゃけをおろして奇麗に切り身にして貰えるのが、いいところを三分の一位私が取ったあとは向うが貰うのだから便利はあっちの方なのだ＝大家の代理はかあちゃんのバイトで三間の部屋代もその中に入っているらしいのだ。このアパルトマンの部屋代は前世紀的に安いのである）が、モイラ（私）の性質も職業も或程度わかっていて（もっとも他のかあちゃんたちがおとなしくなったのにも、私の写真付き文章が方々に出て来たことも手伝っているらしい。ただのバカが何か書くバカになったので、彼女たちは誰かを殴り殺して八つに切ってどこかへ捨てるとか、ヒトゴロシなら七八人やらなければ写真ナリで雑誌に出ないからだ）あらゆる貢物をもっていくためもあるが私には特別によくしてくれ、手洗いの掃除当番も代行（東大の代行よりはらく）してくれることなんかもあって、私はいつもモイラの顔つきでいばっている。好きな小説も苦しみ悩まなくてはならないがその世界の中にうまく入りこめさえすれば書けるようになって、（時々、まだこの位では絶対不満足なんだ、と思うのだが。もっとも精神病の種類で、いえば躁々病で、たまにがらになく内省的なことを考えてもアッというまにその考えは雲散霧消して、ケロリという、まったく幸福な人間である。）つまりたべものでいえば唇のまわりを果汁だらけにして甘い白桃をコーコツとしてたべるように、なったし、小説の中の少女（モイラ）との照応反射や、いつとはなしに自分をわかって来たことで発した一種の自家発電で稚い情緒にしろ、情緒的な方面にも磨きがかかって来て、（今の年になってモイラ的、つまり少女的情緒に磨きがかかったところで阿呆らしいようなものであるが、元来だが、へんな結婚生活のためかわからないが、二十五になっても三十になっても四十になっても、永遠に情緒の世界の中では少女的情緒のまま残っていて、今でも誰かを一寸いいと思う時には、少女の心境であるという、医学書の方では何とかかんとかいう長いラテン語の名のつく一種の性格らしい。自分では幼児性性格だと思っている。少女的情緒というよりは幼児的情緒で、何かものが解るという方面では大分おとなになっていて、だから頭でっかちで足が小児マヒのような、トゥウルウズ・ロオトレックの出来そくないの、一種の片輪である。一種の片輪だがともかく、好きな小説を書くという素敵なブランディや、ヴェルモットや、アニゼットもがぶがぶ飲めるし、それについてのほめ言葉も、活字では少しでも、仲のいい女詩人や友だちや、少しいるファンからは腹一杯与えられるし、幼児的（多少気取っているから外見は少女的位にはみえるのだ）情緒の甘い、少し酸味のある果実もたらふくたべるし、アパルトマンのかあちゃん、ねえちゃん、往来の小生意気な女たちは王冠をかぶったピータア・オトゥウルのような、甘やかに偉《おお》きい、欧露巴的陰湿の漂う、アトゥモスフエエル、ルウヮドゥで威圧しているし、又素晴しいことにアパルトマンの私の部屋の両隣りとその先二軒が男世帯になったので、流しが私専用になって、朝と夜二度、簀のこと流し台の熱湯をかけていれば何もくっついていることがなく、なめくじの奴も出なくなった。そういう（へんな幸福）

に到達したので今厭なことといえばまっ黒猫のジュリがいないことと、新しいのを飼おうとしても、ジュリのような犀利な頭脳と、狡猾さと、猫の中の猫といえるような自己愛と冷淡とをもっていて、全身艶のある黒で、足の裏まで埃をかぶった乾物屋の黒豆のような猫を探すことは殆ど不可能であることと、二十四時間鳴らしているトランジスタアのアナウンサアがウエットなことだけだ。番組が変るたびに、つまり十分おき十五分おきに天気と気候について喋り、どこかの局に行っている仲間のアナウンサアと、自分は風をひいたとか、〇〇さんはどうですか？　とかいい合い、夏、今日も暑そうだなあ、と思うだけでも頭に来てるところへ、「今日も午後は三十二度位になって、不快指数は九十、全員不快を感じる指数になります」と十五分おきにこれでもか、これでもかと、脅かすのだ。又春夏秋冬、春はあけぼの、初夏にほととぎす、夏になると《団扇というものももう姿を消してしまいましたが団扇片手に蛍を追うなんていう情景はすてがたいものでございます》秋は、釣べおとしの秋の陽と申しますが云々、冬には《もう街は歳晩景と申しますか、とか、もう冬至にあと三日となりましたとか、あたかも川端康成氏の（雪月花）の精神にのっとったかのような、文句を並べ、音楽を愛して止まない風流人なのか、話が五分つづいたと思うとアメリカのバカ音楽（黒人たちのはリズム感にあふれているし、シナトラなら渋みがあるが、アンカとか、アンデイ・ウォリアムズとかの背中がぞうぞうする程バカ甘い声や、何の特長もないジャカジャカ音楽）をかけ、《ここらへんで音楽を一つお送りいたしましょう》というのが彼らの口癖である。しかもそのうんざりする挨拶の言葉が年中間違っているのである。局の言いつけかもしれないが、感じとしてはアナウンサアという人間は全部天候と寒暖の挨拶と、バカ音楽を聴かせるために出場しているとしか思われない。宗教家の話も教育、教養、の話もどうかすると歯が浮くし、母の味、妻の味、の涙ぐましい話……。心温まる話、に満ち溢れ、「悪魔の歌」や「娼婦の歌」「毛皮のマリイ」の男娼マリイや、「青森県のせむし男」の女中では崇敬と歓喜を禁じ得ない丸山明宏も「かあちゃんのためならエンヤコラ」を歌わなくてはお機嫌をとり結べないウエット世会を象徴しているこれらのウエットムウドの陰から顔を出している日本国民の冷血、無関心のおそろしさは大変なものだ。だが丸山明宏のエンヤコラの歌は世界に唯一無二のもので、ああいう人物が歌っていて、しかも彼の、底はなかなか「いい奴」であるところも出ていてひどく面白い。私はRの発音がドイツ人のように転がる、天草なまりのある、そうして中にソドミズムがある、エンヤコラの歌を、二回訪問した時や一寸話をした時に耳に感じた丸山の声で歌うことを練習し、なかなか得意なのだ。いろいろな要素を入れなくてはならないからほんとうは大変にむつかしいのだが、うまいつもりで歌っている。トミオカ・タエコと白石かずことマサヲ、シゲ、四人で二羽の大きな七面鳥（ケチなフランス人のマリが不思議なことにごちそうしたのである）を取り囲み、「ああ、おいしい、ああ、おいしい」を絶え間なく叫び、鳥の偉大さと美味しさに感動し過ぎたために誰もいつもほどたべられなくて、全員翌朝、（私やかずこたちは持ってかえった）再び感動し直したという、楽しくも又涙ぐましい宴会の庭でも、私はとくいになってそれを歌ったが、皆のようすで、あまりうまくないのがわかったのは絶望だった。天性、女の気持をもっている彼も男であるから、ことに（エンヤコラ）というところの声量と力は私にはとても駄目なのであった。

第五章
紅茶と薔薇の日々

茉莉が好んだチョコレートとビスケットの箱（写真提供：世田谷文学館）

父の居た場所——思い出の中の散歩道

1

私が生れてから結婚するまでの十六年間、父と住んでいた家は、本郷区駒込千駄木町二十一番地にあって、その場所をわかりやすいように言うと、昔菊人形で名高かった団子坂の上である。この団子坂という面白い名の坂は、ほんとうに上からお団子を転《ころ》がしたら、一度も止まらずに下まで転がり落ちるだろうと思われるほど急な坂で、父の小説にも「団子坂」というのがあり、女がドイツの女学生のような理智的な会話を男と交わしている。私は子供の時女中が、「団子坂は昔お団子を転がしたので団子坂と名がついたのですよ」と言ったのを信じていた。

団子坂を上って直ぐ左に曲る道を四五間行くと父の家の表門があり、（その門も玄関も、武家屋敷風で、玄関は、お使僧に化けた河内山が北村大膳に見破られる場面の舞台にそっくりだった）坂を登って、曲らずに、真直ぐに四五間行くと家の人と親しい人だけが出入りする、格子戸の嵌《はま》った裏門があり、その二つの門の間に挟《はさ》まっている道具屋、生薬屋《きぐすりや》、八百屋、表具屋、交番、海津質店、物集家《もずめけ》（学者の家）等々の一団の家々が、父の家の側面にくいこんでおり、裏門の向い隣は野村屋酒店で、野村酒店と表門とを繋《つな》ぐ父の家は、形というかなんというか、妙な形の細長い家だった。蛇のように長い家の、もう片方の側面は酒井さんと言っていた酒井子爵家の庭がずっと囲《めぐ》っていた。そういう地形なので、前記の野村酒店は酒井さんの庭を侵略している感じがし、父の家の裏門と表門との間の七軒の家たちは、私の家に食いこんでいるようだった。むろんそれらの家は、私の家や酒井さんの家が建つ前からそこに建っていたので、何も侵略したわけではなかったのだ。

表門の前は崖で、そこに立って向うを見ると、上野の山と、本郷台と呼ばれていた高台との間の谷間を埋めている町々の、無数の瓦屋根の群が、海の波のように見え、その屋根の波の向うに上野の森が霞んでいて、春には五重塔を取り巻く森の緑の中に、桜が薄白く烟《けぶ》っていた。裏門から入って狭い玄関を上って廊下を右へ行くと、突き当りは花畑の部屋と言っていた六畳で、その奥隣の六畳の二間は、表門から入ると最も奥のどんづまりの部屋で、表門からその部屋まで、中途で二所《ふたところ》折れ曲る長い長い廊下が一本筋に通っていて、(台所へ行く支線と、裏玄関から花畑の部屋までの長廊下に平行した短線はあったが)その廊下に沿って幾つもの部屋が続いていた。(後年になって私にフランス語を教えに来た後藤末雄氏が、折れては続く長廊下に沿って並ぶ部屋部屋を見て「女郎屋のようですね」という感想を述べたのである)その蛇のように長い家を中心に、表門から向って左側が木と石ばかりの広い茶庭で、石燈籠、袖垣などがあり、腰元が殿様にお手打ちになる、昔の大名の庭そっくりだった。右側は、花畑と言っていた、草花と、花の咲く木で埋まった庭と、枇杷《びわ》、山茶花《さざんか》、海棠《かいどう》、椿、ぐみ、泰山木《たいさんぼく》なぞのある裏庭、無果花《いちじく》の木のある物干し場、馬小屋、馬丁の部屋のある空地なぞが、裏門と裏玄関をつなぐ飛び石を挟んで続いていた。

先に書いた、花畑の部屋と並んだどんづまりの六畳が、父の書きものをする部屋兼居間で、その部屋には客も通った。親類、出版社の人々、陸軍省関係の人に劇場関係の人、役者なぞ大勢くるので、客がぶつかると、折れ曲った廊下の角の四畳半や、表玄関の上になっている二間続きの部屋にも通した。その三つの部屋だけが床の間がついていたかららしい。二階の、崖に面した廊下に立って上野の森の方を見ると、右手に、空か、霞か、見わけがつかない感じだが、品川の海が見えることがあった。それで、潮が見えるというので、この二階を観潮楼ということになり、やがてこの家そのものを観潮楼というようになった。この二階で一年に一度、観潮楼歌会という和歌や詩の会をやった。

2

ところで、先刻書いた団子坂を下りると、団子坂下という都電の停留所で、夏、黄びらという黄色のかたびらを着た父と、白地に灰色で、細《こま》かな鱗雲《うろこぐも》のような模様のモスリンの単衣《ひとえ》に、黒い紗に銀糸で、桐の葉が、大きく出た夏帯の母、妹なぞと、そこから三田行きに乗った。電車がゆっくりと動いて銀座に着くと、私たちは必ず資生堂に入る。丸善、はいばらなぞと共に、巴里《パリ》のそういう店にもおさおさ劣らないシックな味を持つ資生堂は、そのころは薬と外国の化粧品の店で、表通りに近い一部が喫茶部になっていて、壁に、薄いブルウと薔薇色の洋服の、二人の少女の絵が掛かっていた。その洋服の銀モオルが涼しい感じを誘い、それを眺めながらアイスクリイム・ソオダを飲むのが、私たちのこの上ない夏の楽しみの一つだった。

裏門を出て団子坂とは反対の方へ行くと、左側に春木屋という鳥屋があり、十二月半《なか》ばになると鴨が羽毛《はね》つきのままで何羽もぶら下っていて、私はそれを見る度に家にある二つ折りの屛風《びょうぶ》を頭に想い浮べた。その屛風は近代劇協会で、父の「生田川」という戯曲を上演した記念に呉れたもので、左面には二人の若者が手に射たれて死んだくぐいを提げていた。くぐいという鳥が鴨に似ているのか、絵を書いた人がまちがえたのか、その鳥は鴨にそっくりだったからだ。その春木屋の角を曲り、一炉庵のある四つ角を過ぎ、テモテ教会のある横丁を左に見て少し行くと、左側の荒い柵越しに、一高の寮らしい建物が見えた。そこを右に折れると本郷通りに出る。一高の正門、帝大の正門、赤門とすぎて、秋なぞ、父と私たちは赤門の少し先にあった青木堂に入った。乾葡萄《ほしぶどう》入りのビスケット、マクロン、英国製チョコレエトなぞを仕入れ、私たちは二階に上った。学校の雨天体操場のような、ささくれたような床の上に、これも学校の机を大きくしたような卓子《テエブル》が十位《とお》あって、奥にビュッフェのある喫茶部だが、独逸《ドイツ》の店のようであり、私が後に伯林《ベルリン》で、クライスラアを聴いた部屋にも似ている。階上の喫茶部も、階下の主に外国の菓子や缶詰食料品、西洋料理の材料なぞを置いている店も、現代の馬鹿げて立派な店より気品があり、西欧的で、この青木堂という店は私の心の底に、恋人のような父親の面影と一緒に明瞭《はっきり》と残っている。青木堂は今も、私の夢想の中の本郷通りには確《しっか》りと、現実より以上の現実感をもって建っている。ただ現実にそこへ行ってみると、かき消すように無くなるだけだ。

伯林《ベルリン》の洋服屋から届いた、柔かな羅紗《ウウル》の黒いマントを裾長に着た下から、茶色絣のふだん着が少し出ている父は、渋い茶色の中折《ソフト》を頭にのせ、黒檀《こくたん》の太い洋杖《ステッキ》を持って歩いていたが、電車の中で向い側にかけている私たちの膝を、その洋杖の先で突ついて微笑《わら》ったりした。青木堂の二階や、上野の精養軒（この上野の精養軒で父の「普請中」という、伯林から父に会いに来た女のことを少し変えて書いたような小説の中の、ドイツの女と日本人の男とが会っている）などでは、席に着くとボオイを呼び、「カウフィイ（独逸語の発音なのか、こういう風に発音した）を二つくれ」、あるいは「子供がくうのだから挽《ひ》いた肉の料理をくれ」などと命じる。その言い方と、ようすとが、なんとなく他の人々と異《ちが》っていて、私たちからみると、善良すぎる感じで、悪人から苛められそうで心配なような気がするのだが、ひがめで見る人の目には大変威張っているようにみえる。私は後になって黒岩涙香の「噫《ああ》、無情」（レ・ミゼラァブル）を読んだ時、ミリエル僧正の感化をうけてから後のジャン・ヴァルジャンのようすが父によく似ているのを発見した。ことにテナルジェの家に来て、コセットをつれ出す所を読んだ時には、父の面影を強く想起し、それは強い香《にお》いが記憶の中で蘇ってくるようなものだった。父は学生時代にスポーツをやらなかったらしく、力はジャンのように強くなかったが、もし彼がスポーツをやっていたら、かなり強かっただろうと思われる体格だった。日本で「レ・ミゼラァブル」を映画に撮るのなら、父以外に、ジャン・ヴァルジャンを演《や》る人はないだろう。

或時《あるとき》は又、上野の山のベンチに腰をかけ、洋杖の握りに両掌を重ねてのせ、微笑して私たちを見ていたが、その微笑の顔は、夕闇の中の影のように、なつかしかった。又、子供を傍へこさせようとする時、二三度肯くようにして微笑《わら》う顔は父独特のもので、妹も文章の中で、《楽しい秘密を打ち明かすような微笑い》と、書いている。それは複雑で、優しい、翳《かげ》のある微笑である。上野の森を散歩した後は精養軒で紅茶と西洋菓子をたべたり、茶店の床にかけてお茶をのみ、桜餅をたべたりする。秋は文部省展覧会に入り、藤島武二の「ライオンと、百合の花を持った裸の女」、山本森之助の「老樹青苔」、與平の「女の子」、中沢弘光《ひろみつ》の「幕合い」、又は鏑木清方の「試さるる日」なぞを見、やがて、黒紋付の羽織に袴で、赤で裏が白い鼻緒《はなお》の麻裏の草履《ぞうり》をはいた父と、仮普請《かりぶしん》のような食堂へ入る。そこでハム・サラダ、コロッケ、ハムのサンドウィッチなぞをたべる。一度そこで、父が私たちを鉛筆で写生したことがあったが、それには彼自身も描かれていて、皿の上のコロッケとパセリまで描きこんであった。

やさしさを教えてくれた白菫の押し花

パッパのポケットに期待

パッパが私に残してくれたものというと、頭の中にある、目には見えないものだと思うのだが強いて、無理に言えば、形のあるものでは私の初節句の前の年だったかに、奈良で木彫りの内裏雛《だいりびな》を買って来た。知っている人は知っている、知っていない人はむろん知らないがあの、男雛《おびな》の方は両袖を拡げて立っていて、女雛《めびな》の方は海苔巻《のりまき》のように、着物で巻いてあって、その上に帯が巻いてある、雅致のある雛である。黄金箔《きんぱく》、赤、緑、なぞで優雅な模様がある。パッパが日露戦争の留守に、私と母とは、母の実家の父が建てた二間《ふたま》の小さな長屋に住んでいた。その小さな家の、奥の部屋の、狭い床の間に、雛壇を飾り、雛壇のわきに台をおいて、その上に洋燈《らんぷ》を置いた。するとそのらんぷの煤《すす》で、内裏雛の顔が煤けて、薄黒くなってしまった。戦地から帰った父が、木彫りになんかに使う、よく切れる小刀《こがたな》で内裏雛の顔をうすく、一皮《ひとかわ》削り、胡粉《ごふん》や紅の絵の具を買って来て、雛の顔を薄く、白く塗り、紅で、点のような小さな口も描《か》いた。その化粧をした二体の内裏雛が、パッパが残したおくりものである。

もう一つは一通の手紙である。私の夫だった人が巴里《パリ》に行った時私は一年後《おく》れて後《あと》から行った。その一年の間、寂しいのでそれをパッパに、手紙で訴えた。その手紙への返事が来て読むとこう、書いてあった。(人間は、柿《かき》の実《な》る時期には柿を食い、梨《なし》の実る時期には梨を味わわなくてはいけない。梨の実しかない時期に、柿がくいたい、といってもそれは出来ない。)と、そういう意味のことが、書いてあった。私は、夫がいない今は、梨の実る時期なのだ。と思い、その時期には母とどこかへ行くとか、妹たちと遊ぶとか、フランス語の勉強を少ししてみるとか、していなくてはいけないのだと、思った。その巻紙に書いた手紙の終りのところには、奈良の博物館の裏庭にでも咲いていたらしい、白い菫《すみれ》の花の押し花が入っていた。封筒の表には、東京市、谷中清水町一番地、森茉莉《まり》様、とあり、裏には、奈良、博物館、森林太郎、とあった。パッパは、自分の訳した「即興詩人」の始めの方に出てくる、菫売りの娘が「ファイルヘン、ゲフェルリヒ(菫召せ、君)」と言って、父に近よって来た、思い出が、心に残っているようで、あった。

その柔《やさ》しい手紙の言葉と、巻き紙の終りに入っていた、白菫の押し花とは私に、その手紙を、恋の手紙のようにも、思わせたので、あった。

またパッパは三大節などに、宮中に召されて、お陪食《ばいしょく》にあずかる時には、デザートに出る、銀紙に包《くる》んだマロン・グラッセや、紅《あか》い、こまかなざらめで包んであって、薄緑に染めた、砂糖の萼《がく》のついた、苺《いちご》の形のお菓子なぞをそっと、軍服のポケットに入れて、帰って来た。博物館に勤めていたとはいっても、その頃は「軍」の時代なので、お陪食の席も低くて、陛下のお顔が小豆粒《あずきつぶ》より小さく見える所にいたのだろう。陛下から、はるか遠い席だったから、デザートに出たお菓子をそっと、ポケットに忍ばせて来たのかも知れないが、頂戴《ちょうだい》して帰るお土産はちゃんと、銀の、菊の花の形なその容《い》れ物に、ボンボンを下さったのだから、その上にデザートに出たお菓子をそっと、ポケットに忍ばせて帰ってくるというのは、どう考えてもよくない。パッパは、家に待っている子供に、お土産として下さるの他にも、少しでも多く、持って帰りたかったらしい。私たちは、パッパが宮中のご馳走《ちそう》におよばれだという日には、銀の函《はこ》入りのボンボンの他に、パッパのポケットから出てくるお菓子を待っていたので、あった。

仮親になった九代目

五代目が六代目の幼い頃、あまり悪戯《いたずら》なので、自分の手許においてはどうしてもしつけが甘くなると考えて、九代目に預けた。九代目は幸坊（六代目の本名は幸三）の心持が絶えず跳び上がっているのを見て朝彼に、床の間に活けるための花を庭へ切らせにやった。そうやって幸坊の心持をしずめてから、手習いなぞをさせた。私は円楽の父と団十郎とを素晴しい教育家だと思っている。私は昔、どうしてそんなところを歩いていたのか（私は淋《さび》しいところ、静かなところはきらいで、町中《まちなか》ばかり歩く）明治神宮の境内を歩いていると、二間程先《さき》を、たしかに噺家だと思われる痩《や》せた、角帯の男が四、五歳の子供の掌をひいて歩いていた。その父親は子供に、（こういう静かなところを歩くのがいいんだ）と、言いきかせていた。私はこの噺家らしい父親はパッパのようなことを言っていると、思った。私は今言ったように淋しいところは嫌いで町中を歩きたがり、町も成たけなら団子坂下から電車で銀座へ出て（三田行きに乗ると乗替えなしだった）、資生堂でアイスクリーム・ソーダのレモンの味のか、苺《いちご》の味のをたべさせてもらうのが理想だった。私は父の掌にぶら下がりながら、（アイスクリーム、アイスクリーム）と呪文のように唱えた。すると父はきまって家《うち》でお母ちゃんがシトロン（明治大正に、三つ矢サイダーと並んで、よく飲まれていた清涼飲料。その頃電車に乗るとビラにサイダーやシトロンの宣伝文句が書かれていた。春によく夏に又よし秋冬に、婦人子供の酒の席にも、というのを妹が覚えて歌うように言い、父が微笑《わら》っていたのを覚えている）を冷やして待っているというのがきまりで、その度に失望した。その頃銀座の資生堂に行って、アイスクリーム・ソーダを飲んでいると壁に、水色と薄紅色の洋服を着た少女の絵が掛かっていて、一層涼しく、楽しかった。

天皇のお菓子

幼い時、私達姉弟《きようだい》は、三大節と元日には、父の帰りを待ちわびていた。父はその日にはお土産として錫《すず》の、八咫鏡《やたのかがみ》の形をした容れ物に、ボンボンを入れたものを頂戴したのだが、その他に、食後に出された小菓子を、ひそかにポケットに忍ばせて帰ったからである。陛下の玉顔が小豆粒ほどに小さく、拝されるような末席であったので、出来たことではあったのだが。又元日には、四隅の角を落した八角型の白木の箱に三つの餅菓子の入ったのを頂戴した。大きな羊羹の表面に葛《くず》が敷いてあって、その下に白い鶴が三羽透徹《すきとお》って見えているのと、濃い紅《べに》色の練切《ねりき》りの、菊の形をしたお菓子、白い大きなお饅頭《まんじゆう》との三つであった。私たちは〈天皇様のお菓子〉と言って、大喜びでいただいた。

パッパ（鷗外）のこと

私がものを言い始めた時、父のことをパッパと言ったので、いつも来る客たちも出入りの人たちも皆父のことを森さんとも森君とも、旦那様とも言わないでパッパと言っていた。私の家の親類、縁者のところの赤子を全部一手に引受けて、取り上げていたお栄《えい》さん（畠山栄子）なぞも、「この間、パッパが私の家《うち》にお寄り下さって」なぞと言った。パッパは十八の頃ドイツに行き、伯林《ベルリン》とミュンヘンとライプチッヒで八年もドイツで暮したので、彼は半分ドイツ人になって帰って来た。靴下の履き方も独特で、それはドイツ人の履き方だった。始めに靴下を裏返し、踵から先《さき》を中へ折りこみ、そこへ足を入れて、くるりと引っくり返すのである。若《も》しそのやり方を汽車の中ででも遣《や》るとして、そこにドイツ人がいたら、ア、こいつはドイツに長く暮していたな、と思うだろう。そうして深い親しみを覚えて、話しかけずにはいられないだろう。葉巻はハヴァナの上等を年中取り寄せていて、（葉巻だけに父は贅沢をした）積もった灰を落さぬように、そうっとふかしていて何か用で立つ時とか、何か書く時にはその葉巻を灰が落ちぬように、そうっと本の上なぞに置いた。葉巻は灰が落ちると味が落ちるのでドイツ人は皆葉巻を持った手を動かさぬようにしていて、何かする時には、まるで壊れるもののように、そおっと置くのである。私はドイツに行った時、葉巻を大切そうに、灰の落ちぬようにしていて、何かをする時には、葉巻を持った手を動かさぬようにしているドイツ人を見る度に父を切《せつ》なく、思い出した。又、父はチョコレート（ココアではない。チョコレート用の厚い大きな板チョコ＝本郷の青木堂に売っている＝）を削って熱い牛乳で溶いて、大きくて白い、チョコレート用のカップで飲んでいた。夏はそれを冷やして飲んだ。昔の話だが下北沢の風月のメニューには（チヨコレエト）があった。ココアとは段ちがいの美味しさである。整理整頓、清潔、この二つが父の口癖であった。「整理整頓、整理整頓」と言いながら、家の中を歩いて子供の玩具や絵本、帳面、鉛筆なぞを整理して歩いた。父が私を溺愛していて、私が傍《そば》に行きさえすれば書物《しょもつ》（本のこと）も、筆（父は罫《けい》のない真白な西洋紙《し》にしんかき（普通の細筆より細い、軸《じく》が燕脂白の筆））もそばにおいて私を膝にのせ、（お茉莉は上等、お茉莉は上等、目も上等、眉も上等、鼻も上等、ほっぺたも上等、髪も黒くて長い）と、くり返しくり返して言って、掌で私の背中を軽く叩いたことは前にもどこかに書いたが、それは大変な礼讃だった。或日、唄だか踊りだかの女の師匠が来て、私が羽織だけ友禅縮緬のに替えて挨拶に出たら、後《あと》で母に（あの女師匠はお茉莉の羽織をほめて、お茉莉をほめなかった）と、不機嫌な顔をした。昔、希臘《ギリシャ》の置屋（芸者屋）の女主人が十五、六の、これからお客の前に出る少女に、客が取ってくれないのに自分から菓子や料理に手を出してはいけないとか、いろいろ教えるところを、仏蘭西の本で読んだが、日本の置屋の女将の教えも大体同じのようだ。私の婚家の舅の妾《しょう》のお芳さんは生れつきおとなしい女《ひと》だったが全く控えめで、或日、舅が何かお芳さんに小言を言ったら（彼はお芳さんにはその時だけしか小言は言わなかった）「お小言を伺いながらでごはんがおいしいこと」と小声で言った。私の母や私なぞは見習わなくてはならない、おとなしさだった。父は自分の頭の中も整理されていて、いつ何刻《なんどき》でも必要な知識を忽ち引き出して来たが、私の部屋にも来て、整理するのでうるさかった。或日、私が妹（小堀杏奴）に、自分の部屋の片付けを手伝わせて、「手伝ってくれれば後《あと》でこの中から何か一つ上げるわ」と言ったが、けちで慾張りのフランス精神であるから、そう言った時には何か小さなものを遣《や》るつもりだったのだが、結局どれもこれも惜しくて何も遣《や》らなかった。杏奴が父に訴えると、それはお茉莉が悪い、とは言ったが、自分で私を叱ることは出来なかったらしく、母に注意させた。母はフランスを知らないので、(茉莉は支那人だ)と言っていた。世界で吝《けち》で慾張りなのは支那とフランスである。又父は非常な清潔好きで、朝、湯を入れたバケツと空のバケツを並べておき、まず頭を丸く輪になった櫛で、かき廻すようにして、ふけを落してから頭を洗い、顔を洗い、それから強《きつ》く絞った手拭いで全身をよく拭いた。あまりよく、丁寧に拭くので、父の手拭いは直ぐにぶつぶつの玉が出来て、母が又新しものを出して来た。それで湯は一滴も畳にこぼさなかった。昔、吉原に通う通人は、花魁の寝る部屋の次の間で、黒塗りに蒔絵の立派な、脚のついた盥で、畳に一滴もこぼさずに顔を洗ったそうだが、父は、「俺は吉原に通う通人と同じだ」と、言っていた。

又父は、ドイツにいた時困る程女にもてたので、女と会う時、口を利かなかった。一言《ひとこと》もドイツ語の言えない人を粧っていた。「ヤァ」と言っても「ナイン」と言っても(イエスとノオ)、発音で、ドイツ語が上手《うま》いのが解るので、それも言わなかった。父の若い頃は日本では市村羽左衛門、尾崎紅葉のような、面長《おもなが》で、目が大きくて、目尻は上がった人が、美男となっていたので、父は母に、日本では少しももてないと、微笑《わら》っていたそうである。目が三角で下り目で、カイゼル二世そっくりの父の顔は、その頃はへんな顔に見られた。母が羽左衛門がいいと言うと、羽左衛門なんぞは、何かの都合で、内儀《かみ》さんが先に湯に入ると、自分の分のばい菌に、内儀《かみ》さんの分のばい菌も附けて上がってくるのだ。俺の方がよほど清潔だ、と言っていたそうである。その理由で父は風呂には入らなかった。清潔好きだから、風呂には入らない、という、変った人であった。私なぞは、身贔屓かもしれないが、カイゼル二世は武人で、文学の方はだめだから、父の、カイゼル二世に文学の煙をまとわせたような顔の方がずっと、ずっと素晴しいと、思っている。私は今も書いたように、父に溺愛されて育ったので、父より以上に善い人間は無い、なぞと思っている。これは少し、父の話より自分の話になってしまうが、私は大体呑気《のんき》すぎて、父からこれだけ愛を貰ったから私もそのお返しに父を愛する、という処がなくて、自分だけ頭を撫でられてよろこんでいるばかりで、お返しはない。妹は私より気持が大人で、ちゃんと父を、自分も愛していた。夜中に目を覚して、父の心臓の辺りに耳をつけ、父の心臓の鼓動を聴いて、（ああ、パッパは生きている）と思って、安心したと、妹はその著書に書いている。（愛情）というものについて、妹は私より大人なのである。私はもうずいぶんの年齢だ。未だに気持が大人にならないのではもう死ぬ時まで大人になれそうもない。あまり書きたくはないが私はまだ大人になっていない、というより、自分が第一、という、困った人間らしい。父が母に言ったように、禅宗の坊さんを訪問したとしても、駄目らしい。すべて自分が第一という、愚《おろか》な凡人間なのだ。つける薬はない。死ぬまで、自分のことばかり考えていることだろう。親から自分だけが愛されていて、お返しがない、というのでは四歳止まりの幼児と同じことである。そういう、未《ま》だ大人になっていないところがある上に、私は父から、つまらぬことにひどく腹を立てる欠点もうけ継いでいる。父は車夫とかレストランのボーイとかが父を、小さな女の子を伴れた、どこかの田舎のおやじだろうと見て、父が、（子供がくうのだから、挽肉の料理を呉れ）というと、何とかペラペラのペラペラですか？　と英語で訊くと、カッと怒って、正確な英語で、誂え直した。車夫や車掌、ボーイ、店の中僧、小僧なぞの中で、父が勝利をおさめたのは、精養軒のボーイだけである。レストランのボーイは、料理の名だけを英語で言える、という、最低ではあるが、知識階級に属していたために、父は危うく勝ちを占めたのである。そのボーイは黙って向うへ行き、別のボーイを寄越して、自分は、向うの柱のところに立っていて、私たちの卓子には来なかった。いつか妹の夫（仏蘭西に長くいた）が、コロンバンの給仕がメニューの品の名だけ、フランス語で言えるのと、珈琲二つとか、三つというのを「アン、キャフェ!!!」「ドゥー、キャフェ!!!」と得意そうに言うのを見て、珈琲を持って来たボーイに「ビャン、ショーだね」（熱いね）と言ったが、ボーイはわからなくてポカンとしていた。いつか、チェルカーソフのドン・キホーテが、群集に馬鹿にされて怒るところを見て、私は父を思い出し、映画館の暗闇の中で、一人で腹を立てていたことがある。チェルカーソフは一度しか見ないが、名優である。長い脚で窓枠を跨いで、家を抜け出すところから、どこか頭の弱い、風車に向かって挑戦する勇者だと、自分を信じ込んでいる人間の動きであった。

チョコレエト

私の父はチョコレエト（飲みものの）が好きで、母に青木堂で、飲みもののチョコレエト用の厚い大きな板チョコを買わせ、それを削って熱湯で溶かしたのを、夏は冷たくして、飲んでいた。父が白い縮《ちぢみ》の、軍医の襯衣《シャツ》に、同じく縮みの洋袴下《ズボン》を履いて、畳の上に肱《ひじ》を突いてうずくまるように座り、白くて部厚いカップでチョコレエトを少し宛《ずつ》、飲んでいる姿が、私の目に懐しく、残っている。（白縮の襯衣と洋袴下の父）と、（白い部厚いカップに入ったチョコレエト）と、（兜虫《かぶとむし》が並《なら》んだような独逸《ドイツ》語の本）とは私の、幼い頃の、思い出の中に、三題話のように、いつもつながって出てくるのである。下北沢の風月堂は渋谷の道玄坂上に引越し、元、風月堂のあった跡はマーケットになってしまったが、下北沢にあった頃の風月堂のメニューにはチョコレエトというのがあり（普通はココアしかない。ココアの粉を溶かしたもので、それは独逸風のチョコレエトではない）メニューにチョコレエトが載っていた、下北沢の風月堂を私は大好きであった。思い出の、父の飲みものでもあったからである。

巴里の想い出

巴里で私と夫だった人と、その仲間の人々は、ソルボンヌ（東京の東大のような大学）の前の通りを、プラス・モオヴェーア（やくざの溜りの町である。昼間でも、男でも一人で通っては危ないところである）の方へ行く手前を、ソルボンヌと反対の方へ一寸曲る小道の突き当りにあった、オテル（フランス人はホテルはオテルと言うのである）ジャンヌ・ダルクに宿っていた。場所が場所であるから、智識階級の人間は一人もいなかった。やくざこそいなかったが皆《みんな》街の人である。

食堂の窓の下の、石炭殻を敷いた空地《あきち》には、鶏が五六羽えさを突ついている。私の夫だった人とその友だちの辰野隆《ゆたか》、矢田部達郎、内藤濯《あろう》、石本巳四雄《みしお》なぞが、巴里を知るのには、下町の人々と交《まじ》わらなくては駄目だ、という考えで、そのホテルに宿を取ったらしい。

二人だけ李と張という支那人がいた。その他に異色だったのは、〝狂気博士〟である。元、博士だったのでその気の狂った人は、〝狂気博士〟と呼ばれていた。いつもなんだか、心がよそへ行っている感じで、フォークとナイフとを、誰かに持たせられ、薄笑いを浮かべて人々の顔を見廻していた。喰っているのも、半分無意識の感じである。フランス人は支那の人と共に、世界で最も吝で慾張りであるから、その〝狂気博士〟が部屋代を払わなかったら追い出す筈である。私達はその博士は、気が違っていても、部屋代はちゃんと忘れないか、或は気が変なために定《き》まりの料金より多く払っているのだろうと噂し合っていた。そのナイフとフォークとを誰かに持たせられたように、無意識の感じで手に持って、薄笑いを浮かべて食事をしている様子は異様な感じだった。又その博士の部屋が私たち夫婦の部屋の真上で、夜も昼も、コツ、コツとゆるいテンポで歩き廻る足音がするのも、誰だったかのロシアの小説に出てくる狂人の足音のようで、無気味な感じがした。その人はいつも、部屋に閉じこもっていたが、散歩をする必要はないと思えた。博士が部屋代を定《き》まりより多く払っていたのだとすると、気の毒なことである。

　フランス人、ことに巴里人は議論好きであるからいつも何かの問題をとり上げて、カンカンガクガクの議論を闘わせていて、賑やかだった。ジャンヌ・ダルクの直ぐ傍に、キャフェ・ラビラントという広いキャフェがあって私の夫のグルウプは、芝居やオペラの帰りにはきまってそこへ行って議論を闘わせていた。丁度その頃、ソヴィエットの一座が、コメディ・フランセエズ（東京の歌舞伎座に当たる劇場）で、ロングランで興行していたので議論続出で大変だった。パリではソルボンヌの教授も、労働者に交《ま》じってキャフェに座り込んでいた。そのキャフェに、エドモンというギャルソン（ボオイ）がいて人気者で、方々から「エドモン、エドモン」と呼ばれるので彼は「オッ」と答えながらキャフェ中を走り廻っていた。稀《たま》にそのエドモンの奥さんが客席に来たが、夫のエドモンに顎で飲み物を命じて、威張っている。エドモンは内儀《かみ》さんの卓子にも走ってキャフェを運んでいた。エドモンは誰かが、彼の友だちのことなぞをきくと、両手の平を外側へ開いて天井に目を遣ることがあった。その人は死んだ、という時である。天井を見るのは、天国に行った、というのを現わすのである。エドモンは赤っ毛の口髭を下向きに、八の字に生やしていて、小柄で痩せた男だった。エミィル・ファゲの家に出入りしていて、夫や先輩の肩を叩いては、「エミィル・ファゲのように、偉くなれよ」と、言った。巴里を去ってから既《も》う何十年にもなるが私は、エドモンの顔と、その走り廻るようにしてキャフェやフロマージュ（チイズ）、グラッス（アイスクリイム）なぞを運んでいる姿を、今そこに見るようにはっきり、覚えている。奇麗な女優、ユゲット・デュフロや、マリイ・ベル、ラファイエット（東京の三越のような百貨店）の綺麗な女の店員なぞと共に、いつになっても、私の記憶の中に、明瞭《はっきり》と、残っていて消えない。

私が十七の時に彼は既《も》う五十近かったから、彼はもうとうに、天国に行っているだろう、あのいやな内儀《かみ》さんも。

巴里では菓子屋に限って女主人で、マダァム何々の店と、言っていた。私がお菓子を買いに行くと、いい表情でにっこりして、私の注文したお菓子を、ボオル紙の上にのせ、壜から甘いお酒を、もう少し乾いてしまっているお菓子の上からダブダブとかけてから、浅いボオル箱に入れ、「真直ぐに持ってね」と言って、にっこり笑って、私に渡して呉れた。大体、百貨店の女店員でも柔《やさ》しくて、親しみ深く微笑《わら》いながら近づいて来て、「ク、ヴレヴ、マダァム？　シャポオ？　ロオブ？」と尋ねる。日本の百貨店の女店員のように、金持の令夫人である、という様子で、顎で品物を指すような女だけにへいこらするようなことは、決してないのである。日本の女店員のように私が、「あれを見せて下さい」と高い所にあるマフラーなぞを示《しめ》すような時、「三千円ですよ」と、貴君に買えるんですか、と言わぬばかりの、言い方なぞはないのである。

レストランのギャルソン（ボオイ）でも、なんともいえぬ感じのいい微笑いを顔一面に浮べて（君はどこから来たの？　支那から？　それとも南の国から来たの？）という表情をする。そうして（巴里に来て、おいしい料理をたべて、倖《しあわせ》だろう？）と言って、親しみ深い顔で、私の顔を覗くのである。日本のレストランのボオイが、何がえらいのかお高く止まって、顎で返事をするのとは全く違うのである。

いつかもどこかに書いたが、日本のレストランの主人はボオイたちを二ヶ月でいいから、巴里のレストランへ見学に遣ってはどうだろう。日本のレストランのボオイたちは、日本の人にさえ失礼な様子をするのだから、支那の人や南方の人々にはどんな態度をとるだろうと思う。料理の名だけが英語で言える、というのがそれ程偉いことなのだろうか？　喫茶店の女給仕などもたまたま私が、パァティーの帰りなぞでいい服装をしていると、丁寧だが、普段の格好だと、珈琲の容れ物をガチャンと置き、砂糖入れを傍に置いてくれようともしない。（なあに、こんなどっかのおばさん）という顔である。私はそんな時いつも、巴里の女給仕や、菓子屋の女主人をなつかしく、思い出すのである。巴里の百貨店の女店員は私が、気に入った洋服を五六着渡して、エッセイヤージュのカアテンの中へ行く時なぞ、すれちがう他の女店員に、「セ、マ、クリャント」（おとくいさまなのよ）と、微笑《わら》いを浮かべて言うのである。

巴里の楽しい日々を思い出すと、ほんとうに、懐しい。私は巴里にいた小一年の間、ほんとうに楽しかった。私は巴里の風に吹かれ、巴里の雨に濡れて歩いた。幸福な日々であった。私は三月の末に巴里に着いたが、直ぐに春になり、街路樹の鈴掛《すずかけ》の葉は空の明るさを映して透《すきとお》り、街々のトロットワアル（人道）に海草のように、燃え上がった。オテルのジャンヌ・ダルクの食卓で、おぼつかないフランス語で話している内に、いくらか達者になり、私はご機嫌でいろいろと話した。フランス人は吝で、慾張りなので、プゥルボワァル（飲み代という意味で、チップのことである）を弾む山田や、その友人は下にも置かないもてなし振りで私は女王様のように扱われ、スウェータアのポケットに手を入れて、我がもの顔で、ホテルの中を歩き廻った。又ギリシヤ人のジョージ・アデス、ムシュ・ジベルニイ、ムシュ・ベルナルディニイ、ジャンヌ・ダルクの主人、ムシュ・デュフォール、マダム・デュフォール、養女のマドゥモアゼル・ルイズなどと、いろいろなことを話すように、なった。マドゥモアゼル・ルイズは、デュフォールの亡った主人の娘で、孤児になったのを、養女にしたということであった。巴里娘のルイズは、帽子の流行が変わると、細いリボンなぞで、流行している帽子のように変えていた。私の部屋に来て、ルウジュ（紅）とジョオヌ（黄色）とヴェエル（緑）の糸を、どう並べたら綺麗かしら、なぞと相談した。

巴里の女の人たちは少しの費用で、上手なお洒落をすることが上手《うま》かった。或日ムシュ・デュフォールは微笑《わら》って、お内儀さんとの恋愛時代の話をした。「わたし達は海の中で、識り合いました」と言って、彼は片目を潰って笑った。山田の友達の矢田部達郎《たつろう》は、ラスプーチンを美男にしたような、凄い人物で、ルイズも深く惹かれていた。やがて、ショミイという恋仇が出来て、気の毒なことになった。矢田部達郎は十七歳の、子供同様な私の目の前で、恐ろしい恋の言葉や場面を見せ、私を、恐ろしいような心持にさせるのであった。彼は私が二十五になった時ようよう、私を一人の大人の女として扱ったがその頃は全く、子供扱いであった。矢田部達郎は、そういう私を、眼鏡越しの、眩《まぶ》しそうな目で、肩越しに見下した。私が、彼が自分を子供扱いにしていることを口惜しく思っていることを知っていて、常にその眩しそうな、眼鏡越しの目で、からかっているのであった。山田の友人達も、矢田部達郎が今は誰々と恋愛をしている、という話をする時、「彼は今、どこに散歩に行っている」又は、「彼の昼飯はサラダだよ」と言うような感じで話した。それ程の恋愛事件は、日常茶飯の出来事なのだった。

矢田部達郎の愛が他の女に移ったことで、胸の潰《つぶ》れるような悲しみに落ちている女《ひと》を目の前に見ても、私たちは昨日《きのう》まではタルトレット（パイ）を食っていたが、今日はショコラ（チョコレェト）のボンボンになった、という位の、受けとり方をする感じになるのだった。私もルイズの腕なぞに、苦悩が、体からにじみ出る脂のように、滲み出ているのを見て、自分の心の中にまで、そのルイズの苦しみが入って来るような状態になっても、それをどうすることも出来なくて、自分の心も苦しみに切《せつ》なくなるのであった。矢田部達郎はその、紺の背広の腕で、今の今まで、歓びに弾んでいた女の人の心臓を切り裂いて、その切り口を私に、見せるのであった。

私はそういう恐ろしいものを、矢田部達郎によって、見せられたのである。

巴里の珈琲店《キャフェ》

前々回だかに巴里《パリ》への私の郷愁について書き、以下次号としておいて、次の回に忘れていたので書く。巴里の舗道は椅子だらけ、という感じで、軒並といっていい程珈琲店《キャフェ》があって、樺《かば》色と白とに塗った鉱《かね》の細いのが、網代格子のように編み合せてある椅子が舗道狭しと並んでいる。前に書いたように巴里では、表通りに面した窓の窓掛は全市のが同じに統一されているし、この網代格子に組んだ、樺色と白との椅子も、全市同じである。橡樹《マロニエ》の並木も全市同じで、春は、春の空を映して、海草のように透き徹《とお》っており、秋はセーヌの岸の並木とともに半ば黄葉して、散り敷いていて、冬には裸の橡樹《マロニエ》が、暗い空の下に並んでいる。各国から集まってくる観光客のためのこれは市の命令で、そういうように統一されている。巴里の給仕《ギャルソン》達は蝶《ちょう》ネクタイをして、膝《ひざ》の下位まである白い前掛。客が座ると直《す》ぐに、静かに近寄ってくる。東京のようにいつまで待っても来なくて、席を立って帰りたくなるようなことはない。給仕《ギャルソン》の数が東京より多いわけではない。むしろ東京よりは少ない。客の若夫人や令嬢を妬《ねた》んで、不機嫌に膨《ふく》れ返っている、薄汚ない女給仕なぞ、見たいと思っても一人もいない。男の給仕《ボーイ》も、日本のは何が不愉快なのか、不機嫌にむくれ返っている。唯《ただ》ムッとして客が履いてみているのをジロリと見下《おろ》している、靴屋の店員も大《たい》したものである。巴里の給仕《ギャルソン》は珈琲《コーヒー》なり、レモナアドなりを持って来て卓子《テエブル》に置く時「ヴォアラ、ムッシュー」「ヴォアラ、マダァム」（「ここにおおきします」ということで、ムッシュは男の客に、マダァムは女の客に言うのである）と必ず言う。東京のは無言でその上不機嫌な面《つら》で置く。東京には世界の各国から観光客は来ないが、地方の小都市からは人が見物に来る。日本の地方から、又小都市から来た人たちは不愉快になって、二度と来たくはないと、思うだろう。又その仏頂面の女給仕というのがいずれも地方《がた》からお出《い》でになった娘さん方《がた》なのである。東京の喫茶店にお勤めのレイジョー方《がた》は、頭が悪いのに気の利いた大会社のＯＬ志願で、喫茶店なんかと思っているから、その不満、不機嫌を、私たち客が浴びることになっている。器量が悪く、その上に身仕舞もだらしがない。その上お機嫌が悪いと来ているから、町で一寸《ちょっと》休むということは彼女たちの不平、不機嫌の的になること、なのである。その上に、自分は頭が悪いのに〈インテリ好き〉で、街の兄哥《あにい》なぞには突慳貪《つっけんどん》である。ハシニモボーニモカカラナイというのは東京の喫茶店のお嬢さん方である。身なりのいい女客なぞが行くと、風当りが悪いこと夥《おびただ》しい。室生犀星が四角い顔で、四角く腰かけていた頃はまだ今ほどではなかったようである。現在《いま》の喫茶店では萩原朔太郎のような顔の人や、吉行淳之介ならいいが、室生犀星では、突慳貪にされるかも知れない。犀星が若い頃、自分の目を何々の目だ（掏摸《すり》の俗語）と書き、そうそう、チャリンコの目だ、と歎いて書いていた。江戸では掏摸は〈すっぱ〉であった。狂言なぞに掏摸が出て来ると、（この辺《わた》りに隠れもない〈すっぱ〉でござる）と、言った。私が若し喫茶店の女の子《も》だったら室生犀星が入って来たのを見たら、なんだか判《わか》らないが、偉い人物らしいと、思うだろう。むろん萩原朔太郎や吉行淳之介も素敵だと思うだろうが。いつか萩原葉子が、（よく荻原だと思うらしいわ。萩原より荻原の方が偉そうだと思うのね）と笑っていたが、萩原朔太郎は萩原だからこそ、萩《はぎ》や女郎花《おみなえし》、桔梗《ききょう》、なぞが咲いていて、薄《すすき》の穂が風に揺れている、秋の野の感じが漂うので、萩でなくてはいけない。

巴里のコッペ

巴里《パリ》では、特に英国料理の店というのに行けば出すかも知れないが、そんな店は多分ないだろう。伊太利料理の店にはよく行って、マカロニをたべたが。ビフテキは巴里にはない。これは前にちょっと書いたけれどもビフテキがたべたかったら、犢《こうし》のコトゥレット（カツレツ）をたべるといい。何故か、コトゥレット・ド・ヴォーには衣がついていないので、一寸《ちよつと》ビフテキの感じである。私が巴里の料理で気に入ったのは、肉料理をドロドロソースでたべずに（英国のウスターソースなんかも、巴里にはない）塩と辛子でたべることである。又日本のとは全く異《ちが》うコッペ（形は日本のいわゆるコッペパンと同じ）をたてに二つに切って、辛子だけを薄く塗り、ジャンボン（ハムのことだが、日本のロースハムの二倍半はある大きさ）を挟んだ、珈琲店《キヤフエ》で出すサンドウヰッチは、素晴しい。巴里のコッペは、歯の弱い人は前歯が欠けてしまう程固い。又巴里のコッペにはごく薄い塩味があって、巴里のパン職人がその塩の分量を、他国のパン職人に洩《も》らしたら、一生パンと水だけで暮さなくてはならなくなるような、重い罰金を課せられることになっていることは前にも書いた。タクシの運転手《ショフウル》も、事故を起せば、同じ運命に陥ることになっている。それでごく薄い塩味の、美味《おい》しいコッペは永遠に巴里だけのものであり、巴里には車の事故は一つもない。少しでも多く稼ごうと、滅多やたらに突走《つっぱし》る日本のタクシは、〈恐怖〉そのものである。巴里ですごく美味《おい》しいものといえば、プリュニエの生牡蠣《がき》である。地中海の牡蠣は、味は日本のと同じだが形が、日本のは大変形が醜いが、地中海のは、常節《とこぶし》のように薄く平たく、表面が薄い錆《さ》びた緑色をしていて、なんともいえない歯ざわりである。プリュニエでは先ず生牡蠣を一打《ダース》持って来る。それを忽《たちま》ち平げて、「アンコオル・ユヌ・ドゥウゼエヌ（もう一打）」というと又、一打持ってくる。私はいつも三打。（日本の牡蠣よりとても軽いのである）次に小海老《えび》入りのピラッフ（炒《いた》め御飯）の中皿に軽くつけてあるもの、あとは萵苣《ちさ》を一つ縦に割って切り口を上に皿につけ、トマトと玉葱の薄切りをほんの少しのせて、オリーヴ油と西洋酢のソースをかけたものを摂《と》り、後《あと》は珈琲《コーヒー》（小さな珈琲カップ入り）で、おしまいである。誰がこのコースを考えたのか、大変に丁度いい分量であった。私は白石かずこにこの生牡蠣を奢《おご》りたい。かずこは、「幸福だ!!!」と小さく叫び、マリさん有難うと、言うだろう。日本にプルニエというのが出来て、礼装でなくては入れないそうだが、礼装でなくては入れないレストランなぞ巴里にはない。一番上等な店の銀の塔《トゥル・ダルジャン》でもタイユウル（スウツ）で入れる。私は巴里で、デコルテ（胸も少し、背中も出る、袖のないもの）を造らなかった。二階の正面で見れば、旅行者なのでタイユウルでよかったし、どうしても傍で見たい時には、ボートネックの少しゆるい襟で、袖のないソワレで済ませた。（そのソワレは深い薔《ば》薇《ら》色で、寒冷紗《かんれいしゃ》＝ごく薄い布れ地《き》＝で半ば薄茶に染めた薔薇に、薄緑の細い茎と葉の付いた、サンチユウル＝バンド＝がついていて、裾《すそ》が一寸土耳古《トルコ》風になっていて、気に入っていた）第一、プリュニエというのは梅の木のことで、プルニエではおかしい。「梅の木」とでもすれば素敵だろう。本郷通りに「鉢の木」といういいレストランがあった。今もあると思う。

独逸オペラの幕間

巴里に居た時も、独逸にいた時も、夫だった人は、いい芝居は見逃さぬようにしていた。日本に帰って、大学で講義をする時、芝居、小説の話、などがどんなに、その講義を、実《み》のあるものにするかを、夫は知っていた。そこで夫はこれは、という芝居は見逃さなかった。夫がそういう目的の下《もと》で行動していたので伯林《ベルリン》での、独逸の芝居だって、その講義を豊《ゆた》かにするわけだから、夫は見逃さなかったので、私はよく伯林の劇場で、大変な退屈を強いられた。「ロオエングリイン」なぞというオペラは、長いので、一晩では見終ることが出来ない。三晩続きである。退屈した私を伴《つ》れて、幕間《まくあい》に夫は地下の食堂に下りた。そこで私は生れて始めて、生の牛肉の挽いたのを、玉葱と一緒に麵麭にはさんだ、サンドキッチを食べた。ものすごく美味《おい》しいものである。長く、長く、退屈な、ロオエングリインというオペラは、幕間に、生挽肉と玉葱とを混ぜたのを挟んだサンドキッチをたべたことによってようよう救われたのであった。生の挽肉はその後何処《どこ》にもないし、危険で、家で造ってみることも出来ない。生の挽肉の味は、三晩続きのロオエングリインの恐るべき退屈を、その素晴しい美味《おい》しさで、瞬間だが、癒《いや》してくれたのであった。

まあるい苺

いつか、絵入りのフランスの小説の中で見た、紅くて醜くて大きな、鉤になった老婆の鼻を想い出させる福羽苺はきらいである。子供のころたべた、まんまるくて、みずみずしく紅く、小さく、へたも薄緑で小さい苺は、一体どこの田舎でできたのだろう？　青木堂の舶来干菓子の中に、塩味のするキャラメルを、ざらめを紅く染めた皮で包み、薄緑の砂糖のへたをつけたのがあって、やっぱりまんまるだったのをみると、そのころは西洋の苺もまるかったのにちがいない。蛇苺を大きくしたようなのだ。今の苺の中で好きなのは、素直な形で、昔の苺の甘さと酸《さん》味がある石垣苺だ。ただその種類の中には鬼の鼻のような凸凹《でこぼこ》のがあって、固く、好きな苺を買ってきても下の段にそれが隠してあるのには弱るのだ。

プリンセスの朝

甥《おい》の真章《マックス》から、卒塔婆《そとば》と香典（亡くなってから一年経った一周忌に何か上げて、そのお返しを呉《く》れる、それは香典というのだが）のお返しが来、里子さん（マックスの奥さん。顔も細面《ほそおもて》で淡泊《あっさり》しているが気持もあっさりした、感じのいい女《ひと》で、真章を愛してくれているのが、話をする感じでわかるのである）からの葉書も来た。そのお返しの品が英国から輸入したいい紅茶で（TWINIGS of London）毎日喫《の》んでいる。その紅茶の中に Prince of Wales という、袋が濃い灰色と金茶色になっているのが最もよく、毎朝、エヴァ・ミルクを入れて喫んでいる。それでこの頃私は、プリンセスの朝を迎えている気分なのである。丁度、三宅菊子が来て、（彼女は砂糖を入れない）それを喫んで、大変いい香《にお》いであると、言った。英国人はファイヴ・オクロック・ティーというものをどんなことがあっても、喫む。私が夫だった人と倫敦《ロンドン》で、五時十分位前に大きな喫茶店に入った。店は空《す》いていたが時計の針が五時を示すやいなやドッと客が雪崩《なだ》れ込んで、満員になったのである。英国人は親の死にめの時の他は、五時にはお茶を喫むのである。家庭でくつろいで喫む場合はデセェル、軽いサンドウキッチも摂《と》るらしい。ミルクと砂糖も入れる。フランス人が朝も昼も夜も、のべつに珈琲《キャフェ》を喫むのと同じである。これは一度書いた。たしかこのドッキリチャンネルの前身の、「新潮」に連載したCaprice de Maria（マリアの気紛れ書き）に書いたと思うので又書くが、ネスカフェのCMに、（巴里《パリ》でも人々が職場に着くと先ずネスカフェ）と言っていたが、パリの人間は家で各々奥さんが美味《おいし》い珈琲を淹《い》れていて、日本の漬物のように主婦の自慢になっている。巴里人がネスカフェなんか喫むか。この、（巴里でもネスカフェ）と、（秀月ではお客様の家紋をお入れいたします）というのだけは、莫迦《ばか》気《げ》さ加減がひどくて、絶対に許せない。秀月の家紋をお入れいたします、には気の毒なことに、森光子が出ていて、そのせりふを言わせられている。内裏雛《だいりびな》の冠に、家紋を入れるらしいが、内裏とは宮中のこと、天皇家のことである。十六の菊の紋以外の紋をつけるのは可笑《おか》しい。英国にもし、雛祭りがあったとしたら、内裏雛の王冠に、王室の紋章をお入れいたします、なぞと宣伝する商人は一人もないだろう。英国の国民は、大英王室を誇っている。一寸《ちよつと》誇りすぎている感じはあるが。何しろGod

Save The King だからね。God というのは〈神〉だろう？　ついでに書くが、森光子がＣＭに出すぎるという人が居るらしいが、森光子はたしか独身だ。現在《いま》は若いが先《さき》へ行って年を取ったらその、出過ぎると言っている人が面倒を見てくれるとでもいうのかね？　ドラマにも、ＣＭにも出て、貯金をしておかなければ不安ではないか。意地悪口を叩《たた》くな。森光ちゃんは芸がいいし、感じのいい、私の贔屓《ひいき》役者である。いつか演《や》った「女給」は、素晴しかった。

「フジキチン」――荷風の霧

　永井荷風を、新聞記者が其処で見附けたという、「フジキチン」の名を覚えていて、私は弟の不律《フリッツ》と浅草に映画を見に行った帰り、其処に行って見た。二人は洋品店のカウンターに居た、小粋なお内儀さんが教えてくれた通りに次の角を曲って、フジキチンの前に出た。何故とも知れず二人ははっとして、立止まった。さて、店の様子をチラと見た二人は、それと同時に、ひどく高価な店ではなかろうかという不安を、感じた。

「ひどくシェエルなんじゃないか？」

　弟が、言った。弟は高価ということに対して、私より以上に恐怖を抱かなくてはならない境遇に、いた。

「珈琲だけじゃないの。麵麭を持っているのよ」

そこで二人は入って行った。入ると左手に、外国の珈琲店《キャフェ》にあるような、壁に沿って造りつけになった長椅子があり、其処が一番落着けそうに、見えた。既に中年の男が二人、奥と手前とに離れて席を取って、いた。二人はその真中辺に向い合って、座った。向い側に、酒類を置いてあるバアテンの居る場所を取囲んで、劇場のエプロンのような卓子があり、止り木のような椅子が、並んでいる。後《うしろ》の棚には洋酒の罎、リプトン紅茶の水色の鑵、黄色い辛子、橄欖《オリイヴ》色のコルニッションが、ぎっしりと詰っている。入口から正面の、其処から二階に上る上り口は、瑞西《スヰス》の家のような円蓋が附いて居り、褐色に塗った板で囲まれた店の中は、広い割にこぢんまりとしていた。透った白いカアテンが外に面した硝子窓を蔽い、薄明るい横丁の通りを微かに映していた。薄いカアテンと私達との間には、窓際の卓子に置かれた濃い紅色の花が、浮んでいる。その花はたった一つ濃く、紅く、空間に汚点のようになって止《と》まり、モウパッサンをおびやかした、ナポレオン種の薔薇のように、薄明りの中に浮んでいた。上り口に一部が見えている幅の広い階段は、既《も》う温い灯の色に染まっているが、店の中はまだ薄明るくて、天井の電燈が暈りとした光を、放っている。不律は、それらのものに背を向けているので、さりげなく外套の上体をひねるようにして、窓の辺りなぞを、見るのである。二人は共通な、奇妙な感動を胸に抱き始めて、いた。二人は全く同じらしい甘い感動を心に抱いて、白い透ったカアテンを眺め、紅色の花を、見た。

「欧露巴を想い出すんで、来るんだね。」

窓から眼を離した不律が、言った。（エリスと別盃を汲む。）という、二人がいつも語り合って飽きない荷風の、アメリカ当時の日記の一節が、又二人の口に登っていた。

白い珈琲茶碗が二人の前に置かれ、ボオイが熱い珈琲を注いで、去った。不律は子供の多い家、金のないということが、絶えず細君と自分との間に介在していて、楽しい笑いも無くなっている家の中から、久しぶりで私の思いつきに従って此処へ来たことを、喜んでいるらしかった。楽々と座り、ゆっくりと腰を落ちつけて角砂糖を挟み、それを湯気の登っている珈琲の中に、落した。不律は、真実を抱くとなると、偏執的に真実で、その為に固い動作や言葉のすべてに、不思議なユウモアが附き纏っている、鳥のような顔をした男である。鳥は黒い、丸い眼を細くして、微笑《わら》った。私は籠の中から麵麭を出したが、長く居ることになると思ったので、オムレツを二人前注文した。左隣の男の所へ、黒と白との碁盤縞のマフラアを巻き上げた横風な男が来て、二人は連れ立って二階へ上って、行った。窓際の男は出て行って、高級闇屋らしい男が入れ代った。二人はオムレツをたべながら、やがて何時もの幼稚な文学論を、始めていた。荷風が若し此処らの横丁とか、地下鉄の階段の下り口、家の傍《そば》の田圃道なぞで倒れたら。……と、私は感動しながら、言った。

「そうしたら、どんなに悲壮でしょう。そうして、どんなにロマンチックでしょう。」

私は又言った。

「志賀直哉の、活字までが重みを帯びて、深く彫ったように見える文章もいいけど、やっぱりロマンチックで甘い、胸をぎゅっと摑まれるようなものがないと好きになれないわ。日本では甘いとか、感傷的だとかいうと馬鹿にしている所があるけど、それが一番いいと思うわ。そう思うでしょう？」

普段、他人の家に一人で部屋借りをしていて、好きな話をすることに飢えている私は、止め度なく話した。不律《フリッツ》はそうだ、とも、そうでないとも、言わない。「うん」と言って、考えている。何時の間にか食事が済んで、「話し難《にく》い」と言いながら席を起って、私の隣りに腰をかけた不律《フリッツ》の顔を、見上げながら、私は繰り返した。

「そう思ふでしょう？」

人間に馴れない、山奥の鳥のような眼をじっとさせて、不律《フリッツ》は黙っている。不律《フリッツ》という男は、厚みのある人間を演技している、一人の演技者で、あった。彼自身、中にコムプレックスを包含していて、重い、厚みをもつ人間ではあったが、彼の演技がそれを、深めていた。不律は頭蓋を締めつけている、コムプレックスという鉱鉄《かね》の輪を、決して脱いではならない冠のように、頭に嵌めていた。除《と》って遣《や》ろうと思う人があっても、除って遣ることが出来ない、それは神が嵌めた輪のように、みえた。自分自身だけの狭い、固い考えの中に縮まっている為に不律《フリッツ》は、人間に馴れない鳥のような眼をした、純朴な男のように、見えるのである。

杏子のタルトレット

私は一匹の肉食獣であって、というと恐ろしいが、他人《ひと》の好意にも、着るものにも、首飾りにも、硝子で出来たいろいろなものにも、すべて食いしん棒の子供のようによくばりなのである。それも人に上げるのは余り好きでなく、貰うのが好きなのだ。よくばりたいものの中でも西洋料理と甘いものが特別に好きで、朝から晩まで欲しがっている、というのが真実《ほんとう》のところである。山にいる鳥の中で食いしん棒で有名な杜鵑《ほととぎす》の雛が、顔より大きな嘴というよりも、体中が全部口になった感じで、絶えまなく餌を要求し、気の毒な鶯の母鳥（杜鵑の母親は鶯の巣の中に卵を生みつけてどこかへ行ったのだ）が休む暇なく飛び廻り、かけずり廻って、その大きな、開けたままでいる嘴へ毛虫や青虫を投げこんでは又餌を探しに飛び去るのを映画でみた時私は、心の中で感心した。そうして（まるで幼い時の自分だ）と想ったのだ。

その、杜鵑の雛のように口は開いてはいないが、「もっと、もっと」と言い通しでおかずや菓子を要求した、幼い時の私が、花嫁という、あまりたべたがってはならないことになっている境遇になったころ、即ち大正の初期に、西洋菓子屋がパイというものを売り出した。風月堂や明治屋、モナミなぞのメニュウにはPieとなっている。神田三崎町の仏英和女学校でフランス人のスウル（童貞女）から、フランス語だけを習っていた私にはPieはピーとしか読めない。ピーと書いてパイとは何ごとだと、私は理不尽な怒りを発しながら、口では淑やかに、「パイを下さい」と仰言る。三田台町の夫の家の、茶の間の隣の小間《こま》に、風月堂の真白なボール箱が置かれ、舅の妾であるお芳っちゃんがその蓋をとりのけると、私は、花嫁という名称を持つ人間であることの手前、牙を隠した狼のように、おとなしく控えていた。ドイツのお伽噺に出てくる狼が、メリケン粉を塗って白くした前脚を扉の間から出して仔羊たちに向い「お母さんだよ、開《あ》けてお呉れ」と言った時のように、控えめなやさしい手を、夫の妹や弟たちのあとから杏子のパイの方に延ばした。

杏子や林檎が、ねっとりと艶をおびて、外側はこんがりと焦げ、中の方はムニャムニャしているメリケン粉を焼いた皮の間にはみ出さんばかりに挟まっている、あのおいしい焼菓子は、やっぱりパイではなく、タルトレットである。「シラノ」の中に出

てくる麵麭屋のラグノオが、
《卵、三つ四つ手にとりて、こんがり焼くや狐色、タルトレットの杏子入り……》
などと即興詩を書きちらしながら、それを書いたそこらの紙で包んで渡したタルトレットこそ、私の最も欲しがる杏子のタルトレットである。ラグノオは実際にはいない人物であるが、私は十八世紀の、「シラノ」のような男のいたころのフランスの麵麭屋の造らえた杏子入りタルトレットが口に入れたい。つまりタルトレット・ダップリコである。タルトレット・ドゥ・ポンム（林檎入り）もいい。私はブリア・サヴァランの舌を持っているのだから、それを口に入れる資格がある。私はそう信じている。それもである。それも、その十八世紀の巴里の麵麭屋が、私のために特別に皮に練りこむ卵黄も、杏子、若しくは林檎も、豊富《たっぷり》にして焼いたタルトレットがお望みである。ここで、この原稿紙の上で喋っている分には、巴里の菓子造りの名人に聴えるはずもないし、十八世紀の菓子職人に知れる筈は勿論ないのであるから、言いたいことを言うわけである。
スモッグで一杯の、末世の東京の、アメリカのどこかの爺いがラジオの中で喋っているような、《トッキョー》の、どこやらの菓子屋の、水気のない、冷え固まったアンズのパイは、「ノン・メルシィ」である。

（フランスの昔の菓子造りの名人の焼いたタルトレットを与えよ）と、杜鵑の雛の私は心の中で大きな口を一杯に開けるのである。

紅茶《こうちゃ》と薔薇《ばら》の日々

　家族と一緒《いっしょ》に住んでいた頃《ころ》には、とくに自分用の湯《ゆ》のみ茶碗《ぢやわん》に凝《こ》るというようなこともなかったが、アパートに一人だけの部屋を持つようになった頃《ころ》からは、部屋全体に、自己主張のようなものが出来《でき》てきて、自分のすきなものだけを置くようになった。ふだんお茶を飲む茶碗も、それで一つ一つ覚えている。

　浅草のアパートに移って最初に買ったのは、渋い薄茶《うすちゃ》に、赤い椿《つばき》（葉は黒）の模様《もよう》の、形も一寸《ちよつと》、お茶の湯の茶碗のようなのだった。次のは濃い藍色《あいいろ》に、何かわからない花のある、この方はどこかハイカラな感じだった。二つとも日本橋や、京橋と銀座の間にある陶器店《せともの》で見つけたものである。それから杉並の間借り時代を経《へ》て現在のアパートに移ったが、だん〳〵欧露巴《ヨーロッパ》ずきが昂《こう》じて来て、この頃では部屋にあるものがみんな、欧露巴風《ふう》のロマンティックな小説を書きたいと熱望している人間らしい感じになってきた。身辺のもの全体にゆきわたる私の自己主張は、一寸《ちょっと》こわいみたいに強くなった。もっとも自分一人の部屋で、主人がいるわけでもなく、親や子供が一緒にいるわけでもないから、いくら自己に徹底《てってい》しても苦情の言い手はないので、自分のすきなものを並べたててはよろこんでいる次第である。この頃は、（ボッチチェリの薔《ば》薇《ら》の茶碗）と称《しょう》する、綺麗《きれい》な紅茶茶碗が二つあって、日本の薄青いお茶もそれで飲む。

ボッチチェリの薔薇の茶碗というのは、薄紅色の花に、青みがかった薄緑の葉の薔薇を散らした紅茶茶碗で、その花が、昔イタリアの美術館で見たボッチチェリの「ヴィナスの誕生」の、空や海の上に散っていた薔薇《ばら》によく似ていることと、その葉の色が、やっぱりその空や海の薄青であることとから、名をつけた茶碗である。寝台《ベッド》の傍《そば》にその茶碗と、厚い硝子《ガラス》のミルク入れ、ネッスル・SAの無糖ミルクの罐《かん》、銀（本ものの銀）の匙《さじ》がおいてあって、小説をかくことや、または書けないという苦悶に疲れると、お湯を沸《わ》かして、リプトンのティー・バッグで、紅茶を淹《い》れる。クロフツなぞの英国人の小説を読んでいて、お茶を飲むところなぞが出てくると、また飲みたくなってお湯を沸かす、というわけである。

お茶を飲む私の眼に、寝台《ベッド》の枠《わく》の上に載《の》っているヴェルモットの空壜《あきびん》に挿《さ》した赤い薔薇、コカコオラの薄青い壜《びん》、濃いブルウの壜に挿《さ》した濃い紅い薔薇と、白い花、薄紅色の花、なぞが映っていて、お茶を飲む私の楽しみを倍加している。映画の「酒と薔薇の日々」ではなくて、「紅茶と薔薇の日々」である。

編者あとがき

「美味しいものでごはんを食べないと、小説がうまく行かない」

早川茉莉

食べる、ということについて考え始めると、とめどもなく思いが広がってゆく。多分、いちばんしあわせなのは、食べるもののことを考えたり、実際にその食べ物を口に入れたりした時かもしれない。もう本当にしあわせでしあわせで、すべてを投げ出しても構わないと思ったりもする。あえて何かを探しに行かなくても、喜びとかしあわせというものは、今、ここにある、そうした実感を人に与える力がそこにはある。

森茉莉作品の「食」に無性に心惹かれるのも、そんな思いを実感するからなんだろうと思う。その作品の一行一行はディテールに満ち、目に見えない襞の部分にまで、美味しくて、幸福なものがぎっしりつまっている。森茉莉のペン先からは、彼女自身の生活、思想、嗜好……が甘美に滴り落ち、それがひと文字ひと文字、一行一行、空白の部分にまで沁み込んでいて、背表紙さえもそんなディテールの残り香に包まれている。常食のチョコレエト、資生堂のアイスクリーム・ソーダ、おいしいお茶とお菓子で楽しむ三時のお茶、そうしたことのすべてが重なり、溶け込んだ森茉莉の生活、人生、文章、そして、本。

さらには、ステェキ、ロオスト・ビイフ、サラドゥ、スウプ、シチュウ、チョコレエト、といった言葉は、トロリと美味しそうで、いぶし銀のような味わいもそこには添えられている。こうした独特の森茉莉語が、本の中には、満天の夜空に煌く星々のように広がっている。

泣きそうなほど疲れた夜があっても、森茉莉のエッセイを開き、そのレシピを読んでいるだけで心がほどけ、なごんでゆく。読みながら、ああ、人生はすてきだ。すべてのことを抱き含めて、人生はすばらしくすてきだ、と大げさではなく思ったりもする。

自慢料理のレシピが次から次へと続く「料理控え」というエッセイがある。

「牛乳三合、よく溶いた卵十個（五人前）を混ぜ合わせ、ヴァニラ・エッセンスを耳かきに一杯弱入れ、一日おいて、少し固くなった麵麭を皮ごと五分角に切って、とっぷりと浸《っ》ける。（中略）そうして、処々焦げめがつき、卵がところどころ、茶碗蒸しの卵のように固まって混ざっている限度で、火を止める。これは温くて、アイスクリームの香《にお》いがし、なんとも素敵である」

牛乳や卵、ヴァニラ・エッセンスの香り……、このブレッド・バタァ・プディング（森茉莉語では麵麭の温菓）のレシピを読んでいるだけでも、悩みなんか吹っ飛んでしまう。

とても好きなエッセイのひとつに「ベッドの上の料理づくり」がある。

「ただ健康な胃を持っていて、すきなたべものが多く、それを食べるときにはなんともいえなく楽しく、仕事のあいまには、自分で何かこしらえたり、一人で、あるいは親しい友だちと誘い合って何か好きなものを食べに出かけ、大いにしゃべりつつ食べ、食べつつしゃべる、そういう人のほうが幸福である。そういう人のほうが真性の――真性のではコレラかチフスみたいだが――食道楽の人物というべきである。

その意味では、私もりっぱな食道楽の人物である。りっぱすぎてりっぱからお釣がくるくらいである。若ければともかく、すでにご老人といわれても、そうじゃありませんといいたくてもいえない年齢に達しているのに、食いしんぼうなことは、子どもなみである」

食べるのが好きな人。いつも何か食べたがってる人。絶えず何かおいしいものを頭に思い浮かべては、食べたがっている人。それこそが森茉莉が思う食道楽であり、その「人」とは、森茉莉その人である。それゆえ、森茉莉が書く「食」のエッセイは、すこぶるすてきで面白く、極上の味わいなのである。

私はまた、森茉莉の書くコロッケに食指を動かされてしまうのだが、たとえば、バタであたためたコロッケをウスタァソオスで食べる「コロッケのトマトジュウス煮」(この命名のセンス!)や森茉莉の生家で母が女中に教えて作らせたコロッケ(多分、独逸コロッケのことだと思う)の美味しそうなこと!

個人的な思い出だが、美味しい独逸コロッケが、大丸京都店の地下の京都国際ホテルのお惣菜コーナーで販売されていた。ポテトと具材を混ぜたコロッケではなく、森茉莉が書き遺したレシピと同じ、ひき肉と人参、玉ねぎのみじん切りをいためたものを裏ごししたジャガイモで包んで俵型に丸めたもので、見かけるたびに、いそいそとテイクアウトしたものだ。

この独逸コロッケの由来をホテルに問い合わせてみたことがあるのだが、昔から作られていたものであり、当時のスタッフが残っていないので分からないという返事だった。もしかして鷗外ファンのシェフが考案したのではないだろうかというかすかな期待もあったのだが、結局、分からず仕舞いである。京都国際ホテルは、コロッケだけではなく、飛行機嫌いの森茉莉が重い腰をあげて飛行機に乗り、ジョージ・チャキリスのインタビューのために京都を訪れた時に滞在したホテルだったと思うが、二〇一四年にその歴史の幕を閉じていて、ホテルもコロッケも、今は思い出の中だけにしか存在しない。

さて、この文庫について。

長年に渡り、全集や単行本未収録の原稿を集めて来た。ある程度の分量が集まったら一冊の本にしようという目論見があったのだが、集まった原稿を整理してみると、かなりの分量があることに気づいた。早く本にしたい、そう思いながらも具体的にスタート出来ないまま月日が経ってしまっていた。そのうちに、全集未収録のエッセイの何篇かが、単行本や雑誌に収録されたりもしたので、それらをただ単に一冊にまとめるのではなく、いくつかのキイワードで再編集し、森茉莉コレクションとして出してはどうか、ということになった。

この『紅茶と薔薇の日々』は、その第一弾として「食」をテーマに、アンソロジーとしてまとめたものである。全集、単行本未収録のものを中心に、わずか数行の小さなコラムも収録した。また、今では『森茉莉全集』(筑摩書房刊、全八巻)も絶版になっていることを鑑み、「ドッキリチャンネル」に収録されたエッセイなど、全集でしか読めない作品も収録した。

巴里、江戸、独逸、東京、そして、明治、大正、昭和の料理案内、あるいは、森茉莉流の美味しい東京、美味しい下北沢案内としてもお楽しみいただけるのではないかと思うし、「美味しいものでごはんを食べると、人生がうまく行く」、そんなことも実感していただけるのではないかと思う。

森茉莉は「巴里の料理」で、「人々を羨ましがらせるということはまことにいい気分のものである。私は今その気分を満喫しているところである」と書いているが、その思いに応えて、この文庫の中に出てくる「食」を、その記憶を、「紅茶と薔薇の日々」を、大いに羨ましがっていただきたいと思う。

解説　森茉莉最強伝説

辛酸なめ子

高校時代に夢中で読んだ『甘い蜜の部屋』。魅惑的な魔性の美少女、藻羅《モイラ》が周りの男性たちを次々と虜にしていく様子に憧れながらも、私は全くそんな魔性の萌芽もないままの女の人生を送っています。父親に溺愛されて育ったモイラには、森茉莉ご本人の面影があります。この『紅茶と薔薇の日々』を読むと、森茉莉の食生活だけでなく、秘められた私生活も垣間みられます。

両親からの溺愛されぶりに驚いたのが以下の文章です。「私の両親の胸は、(茉莉は大金持で、女中が多ぜいいないと奥さんがつとまるまい)という大不安に閉ざされていた。めしはまだ炊けない。髪を結うのも、帯を締めるのも、すべて女中にしてもらって、宿題や、試験の下ざらえに集中していて、朝起きると(カオアラウオユ)と、母親か本人がのたまうと、女中がもってくる」……という風に、女中に全て身支度を整えてもらい、人力車で学校に行くという超箱入り娘。たびたびお嬢様育ちについて述懐していますが、「顔をお洗いになり、お八つを召し上がる」と自分で自分に敬語を使っていて、でもそれも許されてしまう希有なお人柄です。

森茉莉は父、森鷗外の膝に乗せられ「お茉莉は上等、お茉莉は上等、目も上等、眉も上等、鼻も上等……」と繰り返し呪文のように唱えられて育ちます。ほめて伸ばすという範疇を超えて、踊りの女師匠が「お茉莉をほめなかった」と不機嫌になるほどの親ばかでした。森鷗外の経歴を見ると、子どものときから論語やオランダ語を学び、ドイツ語を習得して東大医学部に入学、陸軍医としてトップにのぼりつめながら作家としても高く評価され文学博士の学位を授与されるなどと、人間としてすごすぎて、ポテンシャルの差を痛感します。私などたまに鷗外温泉に入りにいってその才能の片鱗でも吸収できればと思うくらいでしたが、そんな高ＩＱの鷗外も茉莉のことになると理性を失うという人間らしい一面があったと思うとホッとします。森鷗外が好きだったのは野菜の料理だそうで、ストイックな学者に似合います。しかし、鷗外が好きだった珍味に、葬式まんじゅうをごはんに載せて、煎茶をかけてお茶漬けにして食べる、という独自の料理があったそうで……この本に出てくるグルメの数々の中で、無理かも、と思った一品です。

森茉莉は十六歳で資産家の山田珠樹と結婚し、婚家の舅の妾、お芳さんにかわいがられ、料理を教わったりしながら、妻として成長していきます。鮭を大量に仕入れ、茹でて白ソースを造って出したところ、その家では西洋料理が珍しかったので大評判になったそうです。子どものころから英国風西洋料理を食べて育ち、舌が覚えていたのでしょう。料理は好きだけれど面倒くさがりだと自認する森茉莉。同じく面倒くさくて料理をほとんどしない私は、一瞬同志を見つけたかのような気持ちになったのですが……。「鮪と平目と、独活《うど》、若布、長葱を入れた、白味噌のぬたを作り……」「オムレットゥ・オ・フィーヌ・ゼルブ（香《にお》い草入りオムレツ）は、青々していて素晴しい」「シャンピニョン・ア・ボルドレエズ（茸のボルドオ式）も椎茸で出来る」と、読者を油断させておいて、難易度が高い、名前すら覚えられない料理を次々と作る森茉莉先生。ひとりでは何もできないお嬢様の面影はありません。離婚し、子どもが独立し、アパートでひとり暮らししている時も、「ベッドの上で紅いニンジンを切り、バレイショの皮をむいて、ドイツ・サラダをつくり、シジミ、またはナスの三州味噌汁をつくり……」と生活感があるのかないのかわからないですが、どこか優雅な「紅茶と薔薇の日々」を送っておられます。「チイズトオスト」「アイスクリイム」「ウスタァソオス」「バタァ」と、レトロなカタカナ使いで表記するといっそう詩的な食生活に。

この本を通読し、自分にも何か再現できそうな料理はないか探したのですが……唯一「レタスのフレンチソースに薄切りのトマトと玉葱を飾った、『羅馬風のサラド』」だけ、作れそうでした。さっそく「デパァト」の生鮮品コーナーで良さそうなタマネギとトマト、レタスを買い、本当はフレンチソースも一から手作りしないとならなかったのかもしれませんが、作り方を検索したら材料が多岐に渡っていて無理だと判断し、フレンチドレッシングを買わせていただきました。そんなの単に野菜を切っただけだと思われるでしょうが、私にとって包丁とまな板を使うのは久しぶりの立派な料理。タマネギを薄切りしながら涙が一滴も出なくなったことに、スレてしまった自分を感じながら、森茉莉のセレブ感を出すため大量にフレンチドレッシングをかけて完成。するとタマネギの辛味もドレッシングとトマトで中和され、でもデトックス力が強そうな、背筋が伸びるような味でした。作家直伝の料理はやはり違います……。森茉莉先生のおかげで、料理をしなすぎるダメな自分に少し喝を入れることができました。

そして自分のために、人のために料理をすることで、愛情を司るチャクラが活性化しそうです。日々、自分のためにおいしい料理を作っていた森茉莉は、自分を大切にすることで、インナーモイラが目覚めていったのかもしれません。「自分の中にもモイラのような素質があることに気がつきはじめて、妙なことが起って来た」森茉莉は、十何年も自分にいじわるをしてきた女性をモイラのようににらんだら、相手が敗北したと書いています。そして次々と、敵をモイラの目でにらんで打ち負かしていく、森茉莉最強伝説。上等なものを食べたり、料理することで、もしかしたら女は誇り高く、強くなれるのかもしれません。この本にはレシピだけでなく、女として大切なことを教わりました。

初出一覧

第一章　食いしん坊

明治風西洋料理とキャベツ巻き　「婦人画報」一九七四年十一月号、婦人画報社
胡瓜もみその他に関する私の意見　「婦人公論」一九七一年七月号、中央公論社
朝の小鳥　『森茉莉全集』第六巻「ドッキリチャンネル」所収、筑摩書房
与謝野秀氏の手紙　『森茉莉全集』第七巻「ドッキリチャンネル」所収、筑摩書房
両国の思い出　『森茉莉全集』第七巻「ドッキリチャンネル」所収、筑摩書房
神田精養軒の主人の話　『森茉莉全集』第六巻「ドッキリチャンネル」所収、筑摩書房
芳村真理の「料理天国」　『森茉莉全集』第六巻「ドッキリチャンネル」所収、筑摩書房
再び（犀星犬）について　『森茉莉全集』第六巻「ドッキリチャンネル」所収、筑摩書房
続・私の誕生日　『森茉莉全集』第七巻「ドッキリチャンネル」所収、筑摩書房
檀一雄と豚の耳　『森茉莉全集』第一巻所収、筑摩書房

第二章　料理自慢

料理控え　「ミセス」一九七一年三月号、文化出版局、『KAWADE夢ムック　森茉莉』（河出書房新社、二〇一三年）所収

日日の中の愉しさ　「栄養と料理」一九五九年十一月号、女子栄養大学出版部
「蛇と卵」——私の結婚前後　「話の特集」一九六八年六月号、話の特集
愉しい日々　『森茉莉全集』第七巻「ドッキリチャンネル」所収、筑摩書房
お芳さんの料理　『森茉莉全集』第六巻「ドッキリチャンネル」所収、筑摩書房

第三章　思い出の味

木苺とぐみ　『森茉莉全集』第七巻「ドッキリチャンネル」所収、筑摩書房
ライム　『森茉莉全集』第七巻「ドッキリチャンネル」所収、筑摩書房
巴里のレストランのチップ　『森茉莉全集』第七巻「ドッキリチャンネル」所収、筑摩書房
白木蓮　『森茉莉全集』第七巻「ドッキリチャンネル」所収、筑摩書房
失った手紙　『森茉莉全集』第一巻所収、筑摩書房
父の好物　野菜　「ミセス」一九七九年十一月号、文化出版局、『KAWADE夢ムック　森茉莉』（河出書房新社、二〇一三年）所収
父のこと　2　『森茉莉全集』第七巻「ドッキリチャンネル」所収、筑摩書房
大変なお嬢様育ち　『森茉莉全集』第六巻「ドッキリチャンネル」所収、筑摩書房
ぶっかき　「南北」一九六六年八月号、南北社
清蔵とお浜　『森茉莉全集』第六巻「ドッキリチャンネル」所収、筑摩書房

巴里の料理　「EXCEL」一九六九年初秋号、EXCEL編集室
下北沢界隈の店々と私　「ミセス」一九七一年十月号、文化出版局、『KAWADE夢ムック　森茉莉』（河出書房新社、二〇一三年）所収

第四章　日常茶飯

La pain de ménage　『森茉莉全集』第六巻「ドッキリチャンネル」所収、筑摩書房
或日の夕食——背番号90の感度　『森茉莉全集』第五巻、筑摩書房
私のコロッケ　「暮しの手帖」一九七三年一・二月号、暮しの手帖社
聖人のまじわり　「食生活」一九六五年二月号、全国労働衛生団体連合会「食生活」出版局
コカコーラ中毒　『森茉莉全集』第六巻「ドッキリチャンネル」所収、筑摩書房
珈琲が性に合わない　『森茉莉全集』第六巻「ドッキリチャンネル」所収、筑摩書房
ベッドの上の料理づくり　「太陽」一九六三年九月号、平凡社
つまらない日　『森茉莉全集』第七巻「ドッキリチャンネル」所収、筑摩書房
「ヘンな幸福」——ウエットなアナウンサアが厭なだけ　「話の特集」一九六九年三月号、話の特集

第五章　紅茶と薔薇の日々

父の居た場所――思い出の中の散歩道　『森茉莉全集』第五巻所収、筑摩書房
やさしさを教えてくれた白菫の押し花　『森茉莉全集』第五巻所収、筑摩書房
仮親になった九代目　『森茉莉全集』第六巻「ドッキリチャンネル」所収、筑摩書房
天皇のお菓子　『森茉莉全集』第七巻「ドッキリチャンネル」所収、筑摩書房
パッパ（鷗外）のこと　『森茉莉全集』第七巻「ドッキリチャンネル」所収、筑摩書房
チョコレエト　『森茉莉全集』第六巻「ドッキリチャンネル」所収、筑摩書房
巴里の想い出　『森茉莉全集』第七巻「ドッキリチャンネル」所収、筑摩書房
巴里の珈琲店　『森茉莉全集』第七巻「ドッキリチャンネル」所収、筑摩書房
巴里のコッペ　『森茉莉全集』第七巻「ドッキリチャンネル」所収、筑摩書房
独逸オペラの幕間　『森茉莉全集』第七巻「ドッキリチャンネル」所収、筑摩書房
まあるい苺　「中央公論」一九六八年五月号、中央公論社
プリンセスの朝　『森茉莉全集』第七巻「ドッキリチャンネル」所収、筑摩書房
「フジキチン」――荷風の霧　『森茉莉全集』第一巻所収、筑摩書房
杏子のタルトレット　「ミセス」一九六九年一月号、文化出版局、『KAWADE夢ムック
　森茉莉』（河出書房新社、二〇一三年）所収
紅茶と薔薇の日々　「主婦と生活」一九六三年六月号、主婦と生活社

・本書『紅茶と薔薇の日々』は作家・森茉莉の作品から、編者の早川茉莉が食に関するエッセイを編んだオリジナル・アンソロジーです。

・文庫化にあたり、『森茉莉全集』全八巻（筑摩書房）、それぞれのエッセイの初出の雑誌を底本としました。

・本書には、今日では差別的ととられかねない表現がありますが、作者が故人であることと、執筆当時の時代背景を考え、原文のままとしました。

私の絵日記 藤原マキ

つげ義春夫人が描いた毎日のささやかな幸せ。家族三人の散歩。子どもとの愉快な会話。口絵8頁。「妻、藤原マキのこと」＝つげ義春。（佐野史郎）

おいしいおはなし 高峰秀子編

向田邦子、幸田文、山田風太郎……著名人23人の美味な思い出。文学や芸術にも造詣が深かった往年の大女優・高峰秀子が厳選した珠玉のアンソロジー。

旅日記
ヨーロッパ二人三脚 高峰秀子

34歳の高峰秀子が自ら書き残していた、夫とふたり「一番大切にしていたヨーロッパの旅」のすべて。秘蔵写真を加え、文庫で登場。（斎藤明美）

沈黙博物館 小川洋子

「形見じゃ」老婆は言った。死の完結を阻止するために形見が盗まれる。死者が残した断片をめぐるやさしくスリリングな物語。（堀江敏幸）

買えない味 平松洋子

一晩寝かしたお芋の煮っころがし、土瓶で淹れた番茶、風にあてた干し豚の滋味……日常の中にこそある、おいしさを綴ったエッセイ集。（中島京子）

買えない味2
はっとする味 平松洋子

刻みパセリをたっぷり入れたオムレツの味わいの豊かさ、ペンチで砕いた胡椒の華麗な破壊力……身近なものたちの隠された味を発見！（室井滋）

友だちは無駄である 佐野洋子

でもその無駄がいいのよ。つまらないことや無駄なことって、たくさんあればあるほど魅力なのよね。一味違った友情論。（亀和田武）

私の猫たち許してほしい 佐野洋子

少女時代を過ごした北京。リトグラフを学んだベルリン。猫との奇妙なふれあい。著者のおいたちと日常をオムニバス風につづる。（高橋直子）

アカシア・からたち・麦畑 佐野洋子

ふり返ってみたいような、ふり返りたくないような小さかった時。甘美でつらかったあの頃が時のむこうで色鮮やかな細密画のように光っている。

私はそうは思わない 佐野洋子

佐野洋子は過激だ。ふつうの人が思うようには思わない。大胆で意表をついたまっすぐな発言をする。だから読後が気持ちいい。（群ようこ）

神も仏もありませぬ　佐野洋子

還暦……もう人生おりたかった。でも春のきざしの蕗の薹に感動する自分がいる。意味なく生きても人は幸せなのだ。第3回小林秀雄賞受賞。（長嶋康郎）

食べちゃいたい　佐野洋子

じゃがいもはセクシー、ブロッコリーは色っぽい、玉ねぎはコケティッシュ……。なめて、かじって、のみこんで。野菜主演のエロチック・コント集。

問題があります　佐野洋子

中国で迎えた終戦の記憶から極貧の美大生時代、読まずにいられない本の話など。単行本未収録作品を追加した、愛と笑いのエッセイ集。（長嶋有）

寄り添って老後　沢村貞子

長年連れ添った夫婦が老いと向き合い毎日を心豊かに暮らすには――。浅草生まれの女優・沢村貞子さんの晩年のエッセイ集。（森まゆみ）

わたしの脇役人生　沢村貞子

脇役女優として生きてきた著者が、歯に衣着せぬ、それでいて人情味あふれる感性で綴ったエッセイ集。一つの魅力的な老後の生き方。（寺田農）

老いの楽しみ　沢村貞子

八十歳を過ぎ、女優引退を決めた著者が、日々の思いを綴る。齢にさからわず、「なみ」に、気楽に、と過ごす時間に楽しみを見出す。（山崎洋子）

遠い朝の本たち　須賀敦子

一人の少女が成長する過程で出会い、愛しんだ文学作品の数々を、記憶に深く残る人びとの想い出とともに描くエッセイ。（末盛千枝子）

パンツの面目ふんどしの沽券　米原万里

キリストの下着はパンツか腰巻か？ 幼い日にめばえた疑問を手がかりに、人類史上の謎に挑んだ、抱腹絶倒&禁断のエッセイ。（井上章一）

言葉を育てる　米原万里対談集　米原万里

この毒舌が、もう聞けない……類い稀なる言葉の遣い手、米原万里さんの最初で最後の対談集。VS.林真理子、児玉清、田丸公美子、糸井重里ほか。

ビーの話　群ようこ

わがまま、マイペースの客人に振り回され、〝いい大人が猫一匹に〟と嘆きつつ深みにはまる三人の女たち。猫好き必読！ 鼎談＝もたい・安藤・群。

世間のドクダミ　群ようこ

老後は友達と長屋生活をしようか。しかし世間はそう甘くはない、腹立つことやあきれることが押し寄せる。怒りと諦観の可笑しなエッセイ。

それなりに生きている　群ようこ

日当たりの良い場所を目指して仲間を蹴落とすカメ、迷子札をつけているネコ、自己管理している犬。文庫化に際し、二篇を追加して贈る動物エッセイ。

谷中スケッチブック　森まゆみ

昔かたぎの職人が腕をふるう煎餅屋、豆腐屋。子供たちでにぎわう路地、広大な墓地に眠る人々。取材を重ねて捉えた谷中の姿。（小沢信男）

不思議の町 根津　森まゆみ

一本の小路を入ると表通りとはうって変わって不思議な空間を見せる根津。江戸から明治期への名残りを留める町の姿と歴史を描く。（松山巖）

大阪不案内　森まゆみ・文　太田順一・写真

目を凝らし、耳を傾けて見つけた大阪の奥深い魅力。大阪には不案内の森まゆみ、知り尽くした写真家太田順一、二人の視線が捉えた大阪とは？

東京ひがし案内　森まゆみ・文　内澤旬子・イラスト

庭園、建築、旨い食べ物といっても東京の東地区は年季が入っている。日暮里、三河島、三ノ輪など38箇所を緻密なイラストと地図でご案内。

「即興詩人」のイタリア　森まゆみ

森鷗外訳「即興詩人」に誘われ、著者はイタリアを訪ね歩く。豊穣な歴史、文化、美術、音楽などにも触れた文学紀行エッセイ。（武谷なおみ）

明るい原田病日記　森まゆみ

失明は免れたものの病をかかえ、父を看取り、「谷根千」終刊。不具合の日常を軽やかにつづった闘病の記。巻末に二人の医師へのインタヴューを付す。

千駄木の漱石　森まゆみ

英語・英文学教師から人気作家へ転身、代表作のアイデアも得た千駄木。なのに、嫌だ、豚臭い、慈悲のために永住する……。そんな素顔の漱石を活写。

くいしんぼう　高橋みどり

高望みはしない。ゆでた野菜を盛るくらい。でもごはんはちゃんと炊く。料理する、食べる、それを繰り返す、読んでおいしい生活の基本。（高山なおみ）

ことばの食卓　武田百合子　野中ユリ・画

なにげない日常の光景やキャラメル、枇杷など、食べものに関する昔の記憶と思い出を感性豊かな文章で綴ったエッセイ集。（種村季弘）

遊覧日記　武田百合子　武田花・写真

行きたい所へ行きたい時に、つれづれに出かけてゆく。一人で。または二人で。あちらこちらを遊覧しながら綴ったエッセイ集。（巌谷國士）

うつくしく、やさしく、おろかなり　杉浦日向子

生きることを楽しもうとしていた江戸人たち。彼らの紡ぎ出した文化にとことん惚れ込んだ著者がその思いの丈を綴った最後のラブレター。（松田哲夫）

合葬　杉浦日向子

江戸の終りを告げた上野戦争。時代の波に翻弄された彰義隊の若き隊員たちの生と死を描く歴史ロマン。第13回日本漫画家協会賞優秀賞受賞。（小沢信男）

ゑひもせす　杉浦日向子

著者がこよなく愛した江戸庶民たちの日常ドラマ。町娘の純情を描いた「袖もぎ様」、デビュー作「通言室乃梅」他8篇の初期作品集。（夏目房之介）

ニッポニア・ニッポン　杉浦日向子

はるか昔に思える明治も江戸も、今の日本と地つづきなのです。江戸・明治を描き続けた杉浦日向子が案内する〝ニッポン開化事情〟。（中島梓／林丈二）

東のエデン　杉浦日向子

西洋文化が入ってきた文明開化のニッポン。その時代の空気と生きた人々の息づかいを身近に感じさせる、味わい深い作品集。（赤瀬川原平）

とんでもねえ野郎　杉浦日向子

江戸蒟蒻島の道場主、桃園彦次郎は日々これやりたい放題。借金ふみ倒し、無銭飲食、朝帰り……起承転々、貧乏御家人放蕩控。久住昌之氏との対談付き。

百日紅《さるすべり》（上）　杉浦日向子

文化爛熟する文化文政期の江戸の街の暮らし・風俗・浮世絵の世界を多彩な手法で描き出す代表作の決定版。初の文庫化。（夢枕獏）

百日紅（下）　杉浦日向子

北斎、娘のお栄、英泉、国直……奔放な絵師たちが闊歩する文化文政の江戸。淡々とした明るさと幻想が織りなす傑作。

ちくま文庫

紅茶《こうちゃ》と薔薇《ばら》の日々《ひび》

二〇一六年九月十日　第一刷発行
二〇一六年十月十五日　第三刷発行

著者　森茉莉（もり・まり）
編者　早川茉莉（はやかわ・まり）
発行者　山野浩一
発行所　株式会社　筑摩書房
東京都台東区蔵前二―五―三　〒一一一―八七五五
振替〇〇一六〇―八―四一二三
装幀者　安野光雅
印刷所　株式会社精興社
製本所　株式会社積信堂

乱丁・落丁本の場合は、左記宛にご送付下さい。
送料小社負担でお取り替えいたします。
ご注文・お問い合わせも左記へお願いします。
筑摩書房サービスセンター
埼玉県さいたま市北区櫛引町二―六〇四　〒三三一―八五〇七
電話番号　〇四八―六五一―〇〇五三

ISBN978-4-480-43380-0 C0195